»Ich …« Ich sollte vermutlich nicht direkt mit der Tür ins Haus fallen. »Darf ich denn nicht an Weihnachten meine Familie besuchen?« Gerade roch ich noch das Zitronenputzmittel des Geschirrtuchs auf ihrer Schulter, da drückte sie mich schon von sich weg.

»Noel.« Skeptisch zog sie die Augenbrauen hoch. »Wir wissen beide, wie sehr du es hier hasst.«

»Also, ich … Na gut.«

»Aber egal, ich beschwere mich nicht. Komm rein, ich habe gefühlt vierzig Bleche voller Plätzchen.«

Ich deutete hinter mich. »Hole noch schnell meine Koff…«

Sie winkte sofort ab. »Die holen wir später. Was gibt es Wichtigeres als Weihnachtskekse?« Mit einem Grinsen winkte sie mich hinein.

Sobald ich die Schwelle übertreten hatte, durchfluteten mich die wohlige Gemütlichkeit und die Erinnerungen an all meine früheren Weihnachtsfeste. Meine Nase kitzelte und ich musste schlucken. Woher kamen denn plötzlich diese Gefühle und die Rührseligkeit? »Da hast du recht«, antwortete ich mit belegter Stimme.

»Wie gefällt dir die Treppe? Habe ich im Sommer selbst abgeschliffen und neu gestrichen.« Sie warf einen Blick über ihre Schulter. »Alles gut? Sieht aus, als ob du gleich wein…«

»Die Kälte. Meine Augen sind das gar nicht mehr gewohnt.« Hastig deutete ich auf die Treppe. »Sieht toll aus.«

Auf dem Weg zur Küche zeigte meine Mutter mir alles, was sie seit meinem letzten Besuch verändert hatte. Es sprudelte aus ihr heraus, als müsste sie all die Jahre ohne mich aufholen. Vor der Kochinsel angekommen, sah ich die Bleche und Teller voller Plätzchen.

»Du hast echt nicht übertrieben. Wofür hast du so viele Kekse gebacken?«

»Oh, habe ich das nicht erwähnt? Es soll einen Weihnachtsmarkt auf der Weihnachtsbaumfarm geben. Als Gedenkfeier für Maria. Alle helfen ein wenig mit. So wie es eben üblich … ähm …« Meine Mutter unterbrach sich und biss sich auf die Unterlippe. Sie wusste, dass ich nie diese Wir-helfen-uns-alle-im-Dorf-und-halten-zusammen-Mentalität erfahren hatte. »Wie das … ähhh, ah! Hier.« Eine Sekunde später hielt sie mir ein Backblech entgegen.

»Sind das die mit den gemahlenen Kürbiskernen im Teig?«

»Jup. Sie müssen aber noch in Schokolade getunkt werden«, erklärte sie.

Der sternförmige Keks schmolz förmlich auf meiner Zunge. »Woah, perfekt!« Als ihre Augen vor Stolz leuchteten, fiel mir wieder ein, dass ich ihr das Gedenkfest in der Weihnachtsbaumfarm schon bald vermiesen musste …

»Freut mich!«, sagte sie. »Ach, wusstest du, dass es schon einen Käufer für die Farm gibt?«

Geheimnisse blieben hier nie lange geheim.

Sobald ich mich in mein altes Zimmer zurückgezogen hatte, ließ ich mich seufzend auf mein Bett fallen. Die Matratze wippte nach. Ein Blick auf die Dachschräge mit den im Dunkeln leuchtenden Klebesternen reichte, um mich wieder wie damals mit fünfzehn zu fühlen.

Der Tag mit meiner Mutter hatte Akkus aufgeladen, von denen ich nicht gewusst hatte, dass sie seit Jahren leer gewesen waren. Mein Elternhaus, das voller Liebe und Weihnachtsdeko war, hatte noch sein Übriges getan. Trotzdem nagte das schlechte Gewissen an mir. Ich sollte meine Mutter nicht anlügen. Ich sollte auch kein schlechtes Gewissen haben, weil ich einen auf TV-Soap-Bösewicht machte und mir die geliebte Weihnachtsbaumfarm unter den Nagel gerissen hatte. Aber mein Gewissen plagte mich trotzdem. Das Leben war nicht nur Gut und Böse. Es gab so viele Grauschattierungen.

»Schluss jetzt«, befahl ich meinen kreisenden Gedanken laut.

Ich drehte mich zur Seite und sah meine alten Bluetooth-Lautsprecher. Sofort verband ich sie mit meinem Handy. Bevor ich mich jedoch mit Musik ablenken konnte, bemerkte ich eine Nachricht meiner Mutter:

Mach mal den Schalter deiner Steckdosenleiste an. Dein Zimmer wurde nicht verschont.

Warum klang das so bedrohlich? Ich streckte mich quer über mein Bett zur Leiste, jedoch ohne sie zu erreichen. Aufstehen? Niemals! Dann anders. Ich hievte meinen müden Körper nach links und versuchte es mit meinem Bein. Als ich die Leiste erwischte, schob ich sie zu mir und drückte auf den orangefarbenen Schalter. Er leuchtete auf und binnen einer Sekunde erhellte sich mein gesamtes Zimmer.

Ich drehte mich auf den Rücken.

Das ist genial. Du bist genial!

Nachdem ich meiner Mutter geantwortet hatte, begutachtete ich die bunten Lichterketten und Deko-Girlanden – manche sahen aus wie zusammengeknüpfte Weihnachtssocken, andere wie Tannenzweige mit Schleifen und wieder andere wie Zuckerstangen. An die Fensterscheiben hatte sie Schneeflocken und Schneemänner gesprayt.

Ich sprang auf, wählte auf meinem Handy *Frosty the Snowman* von The Beach Boys aus und tanzte in meinem alten Schlafanzug durchs Zimmer.

Wie oft hatte ich früher lautstark Musik gehört und dazu getanzt, um mich vom Alltag abzulenken? Das sollte ich definitiv wieder zur Gewohnheit machen.

Irgendwann wechselte ich zu meinen Kopfhörern, damit meine Mutter schlafen konnte, bis ich nach einer gefühlten Ewigkeit beschloss, dass ich noch etwas von der Apfel-Zimt-Limo und den Weihnachtskeksen gebrauchen konnte, um gut einzuschlafen. Außer Atem vom Tanzen legte ich meine Kopfhörer ab und machte mich auf die Suche nach meinen alten Weihnachtspantoffeln. Ich öffnete den knarrenden

Holzschrank und wühlte mich durch einen Berg – den sicherlich größten Berg der Schweiz – von Dingen, die ich hineingestopft hatte. Bis mir das *Clutterhorn* entgegenfiel. Es kam einem Erdrutsch gleich, der mich unter sich begrub, aber gleichzeitig auch etwas freilegte. Meine Vintage-Holzbox aus meiner Jugendzeit.

»Dich habe ich ja ganz vergessen …« Ich zog die Schachtel heraus und musste wieder an meinen alten Schulschwarm denken, den ich Stunden zuvor beim Weihnachtsbaum gesehen hatte.

Die Box unter den Arm geklemmt, öffnete ich die Zimmertür. Der Weg nach unten, der nur von Weihnachtsbeleuchtung und Elektrokerzen erhellt wurde, die mit ihrer Flacker-Funktion beängstigend echt aussahen, sorgte für einen kleinen Kloß in meinem Hals. Ein sanftes Ziehen an meinem Herzen. Es fühlte sich genauso an wie früher: Ich war wieder sechs Jahre alt, ging im Halbdunkeln die Treppe hinunter, den Duft von Weihnachten in der Nase, und stahl mir noch ein paar Plätzchen.

Ich schüttelte die Gedanken ab und setzte meinen Weg nach unten fort. Albern. Diese sorglosen Zeiten waren vorbei. Doch … eventuell … könnte ich noch einmal in meine Gefühlswelt von damals eintauchen. Mit meiner Hand strich ich über die Arbeitsfläche in der Küche, spürte ein paar Einkerbungen, an denen ich als Kind ohne Schneidbrett geschnitten hatte und öffnete den Kühlschrank. Ja, heute Nacht gönnte ich mir etwas Verdrängung und Sorglosigkeit.

Mit Apfel-Zimt-Limo, Plätzchen und immer noch ohne Pantoffeln setzte ich mich vor den Fake-Kamin im Wohnzimmer, zog die Spieluhr auf, die aussah wie ein Vintage-Karussell (passend zu meinem Gedankenkarussell), und klappte den Deckel der Holzbox auf. Mehrere Briefe lagen darin und ich erinnerte mich genau an den Moment, in dem ich sie in der Schachtel versteckt und ihre Worte aus meinem Herzen verbannt hatte. Ja, heute Nacht schien mich alles in meine Vergangenheit zurückwerfen zu wollen.

Meine Finger fühlten sich zittrig an, als ich den ersten Brief herausnahm. Als würde ich etwas Verbotenes tun, alte Geister heraufbeschwören, die niemals wieder geweckt werden sollten.

Meine Kehle schnürte sich zu, während ich meine Handschrift betrachtete. Das Briefpapier. Der Duft meines alten Parfüms, das ich extra gekauft hatte, damit die Briefe männlich rochen, wenn er sie öffnen würde.

Danke an den Weihnachtsmann, das Christkind und den Osterhasen, dass ich sie nie abgeschickt hatte. Sogar die Adresse hatte ich schon draufgeschrieben. Ich wusste, ich sollte die Box weglegen, doch etwas hielt mich davon ab. Keine Ahnung, ob in der Limo Rum war, in den Plätzchen Punsch oder ob es an meiner Übermüdung lag, aber ich nahm den obersten Brief heraus und öffnete ihn.

Ich fuhr die Straße zum Haus meiner Mutter entlang, das etwas abseits des Orts lag.

Als ich näherkam, erkannte ich, dass die braune Patina über der Holzverkleidung im zweiten Stock im Laufe der Jahre stärker geworden war. Die frisch gestrichenen, grünen Fensterläden bildeten dazu einen schönen Kontrast. Kümmerte sich meine Mutter noch selbst um alles? Ich schaute für eine Sekunde auf das Pflaster an meinem Daumen, das ich dank des erfolglosen Versuchs, meinen neuen Schranks zusammenzuschrauben, tragen durfte.

Die karierten Vorhänge hatte meine Mutter durch eine Variante mit Mistelzweigen ausgetauscht. Ja, sie hatte sich längst dem Tourismus angepasst und das Haus weihnachtlich geschmückt. Überall hingen Lichterketten und am Backsteinschornstein seilte sich ein Deko-Weihnachtsmann samt Geschenksack ab. Nicht zu vergessen: die Fensterbänke, auf denen mit roten Kugeln geschmückte Miniaturweihnachtsbäume standen. Eigentlich ein wunderschöner Anblick, doch meine Mutter hatte sich auch schon öfter darüber beklagt, dass der Tourismus viel Schmutz und Lärm in den Ort brachte. Dadurch ging es hektisch zu in Hochnadelhorn und die Ruhe fehlte … aber das konnte mir egal sein. Bald war ich sowieso wieder weg.

Ich parkte ein, stieg aus, öffnete das Gartentor und ging den schmalen Kieselsteinpfad hinauf. Noch bevor ich den massiven Türklopfer in die Hand nehmen konnte, wurde die Tür bereits aufgerissen.

»Noel?!« Meine Mutter hatte mich wohl durch das Küchenfenster kommen sehen. Überraschung geglückt.

Obwohl … Sollten Überraschungen nicht eigentlich schön sein? Ob sie sich noch über meinen Besuch freuen würde, sobald sie erfuhr, weshalb ich hier war?

»Na? Das hättest du nicht erwartet, was?«

»Nein …« Sie strich sich ihre welligen Haare hinters Ohr, während sie mich mit offenem Mund musterte, doch eine dunkelblonde Strähne fiel zurück in ihr Gesicht. Schwungvoll warf sie sich ihr Geschirrtuch über die Schulter und stemmte ihre Hände auf ihre Hüftknochen. Nein, noch konnte sie es nicht fassen, mich zu sehen. Vor allem nicht hier. In meiner Heimat. Sie musterte mich akribisch. Ich konnte beinahe ihre Gedanken lesen: Ist das auch keiner dieser Betrugsmaschen, bei denen sich jemand als mein Kind ausgibt, um mich um mein Geld zu bringen?

»Ja, ich bin es wirklich.« Als hätte meine Antwort auf ihre unausgesprochene Frage die letzten Bedenken verdrängt, schüttelte sie den Kopf. »Hey.«

»Das gibt's ja nicht. Was machst du hier?« Endlich kehrte die Wärme in ihr Gesicht zurück, während die Ungläubigkeit wich und sie mich umarmte. »Ist das schön, dich zu sehen!«

Christmas

PLAYLIST

DRIVING HOME FOR CHRISTMAS

WONDERFUL DREAM

BLUE CHRISTMAS

FROSTY THE SNOWMAN

O TANNENBAUM

LAST CHRISTMAS

LET IT SNOW

STILLE NACHT

2. DEZEMBER

Andreas Dutter

FIND ME BETWEEN Christmas trees

Wenn ich hierher zurückkehrte, dann nicht als der eingeschüchterte Junge ohne Rückgrat, ohne Meinung und ohne Selbstwertgefühlt, als der ich gegangen war. Ich kam zurück als der Mann, der für sich kämpfte und alles von sich abwies, denn zu dem hatten sie mich gemacht.

Endlich wurden die Straßen wieder breiter, die Kurven weniger halsbrecherisch. Die Anspannung, die sich in meinen Schultern angesammelt hatte, ließ nach, und ich spürte, wie die Kälte wich und sich mein Herz stattdessen mit Wärme füllte, sobald ich an meine Mutter dachte. Bald würde ich sie wiedersehen! Und musste ihr das mit der Farm beichten ...

»Ich habe eine Weihnachtsbaumfarm gekauft«, flüsterte ich in den Song *Blue Christmas* hinein.

Ein paar Abzweigungen später näherte ich mich dem verschneiten Hochnadelhorn. Über dem normalen Ortschild hing an zwei festlich geschmückten Säulen über der Straße das inoffizielle Schild meiner Heimat. Es war verziert mit Tannenzapfen, bunten Lichtern und einer gemalten Tannenbaumfarm, über der die mir allzu bekannte Begrüßung stand:

Willkommen in Hochnadelhorn – dem Weihnachtswunder der Alpen.

Dieser Ort lebte vom Weihnachtstourismus. Sogar im April oder Juli kamen Leute aus aller Welt, um sich für den Herbst und Winter mit den einzigartigen weihnachtlichen Kakaomischungen des Ortes einzudecken, sich Schmuck anfertigen zu lassen oder um die köstlichen Maronikipferl aus fluffig weichem Hefeteig mit der besten Maronifüllung zu erwerben, die das ganze Jahr über hergestellt und verkauft wurden. Natürlich gab das Traditionsunternehmen Rüegg das Rezept seit Generationen nur innerhalb der Familie weiter.

Ich fuhr vorbei an Chalets, aus deren Schornsteinen Rauch in den klaren Winterhimmel stieg. Holzhäuser, die mit kunstvoll geschnitzten Fensterläden und dekorativen Balkonen ausgestattet und mit weihnachtlichen Girlanden geschmückt waren, zierten die Umgebung. Als ich mich dem Ortskern näherte, kam langsam der riesige Weihnachtsbaum in Sicht.

Sosehr ich den Anblick genoss, spürte ich auch die Furcht in meinem Nacken. Angst, Leuten von damals zu begegnen. Ich schüttelte diese Bedenken ab und bog langsam links ab, um die goldenen, roten und grünen Kugeln zwischen den Lichterketten zu bestaunen. Wie immer war der Baum von der Weihnachtsbaumfarm von Ma... von mir – sie gehörte nun mir. Doch dieses Jahr würde das letzte sein, in dem sie ihn von dort bekämen.

Als ich meinen alten Schulschwarm Mika unter den staunenden Leuten erkannte, die um den Weihnachtsbaum versammelt standen, hatte ich es doch wieder eilig, von hier zu verschwinden.

ANDREAS DUTTER

FIND ME BETWEEN Christmas trees

EINE ADVENTSROMANCE MIT 7 BRIEFEN

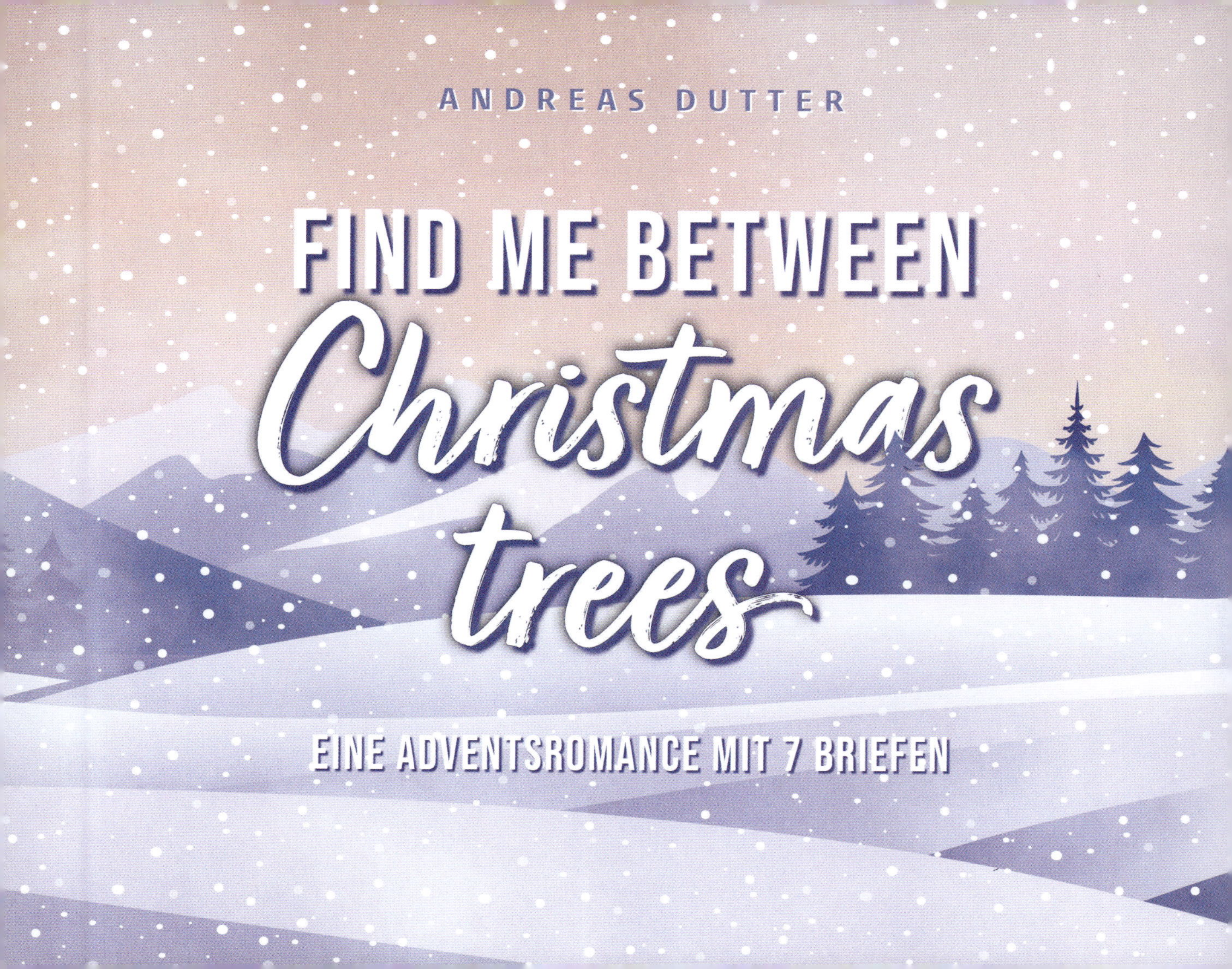

1. DEZEMBER

Ich habe eine Weihnachtsbaumfarm gekauft.« Wie ein Mantra murmelte ich diesen Satz zum hundertsten Mal. Leider half mir das nicht, es zu realisieren.

»Ich habe eine Weihnachtsbaumfarm gekauft«, sagte ich laut und übertönte damit *Driving Home for Christmas,* das aus meinem Autoradio schallte.

Ich konnte es nicht fassen.

Vor mir erstreckte sich ein verschneiter Alpenpass, eingerahmt von Bergen. Von Schnee wie mit Puderzucker bedeckt, verschwanden die Gipfel hinter dichten Wolken. Mittendrin ich, in meinem roten Fiat 500, der die schmalen Serpentinen zu schnell hinabsauste.

Der Schneefall verwandelte alles um mich herum in eine glitzernde Märchenlandschaft. Für diese Straßenverhältnisse gab es jedoch bessere Bedingungen. Ich atmete ein, beugte mich vor und schärfte meinen Blick. Auch wenn ich seit Ewigkeiten nicht mehr in meiner Heimat gewesen war, würde ich diese Straßen bezwingen. Es lag mir im Blut.

Meine Gedanken schweiften ab. Ob das alles ein Fehler war? An den Ort meiner Vergangenheit zurückzukehren, obwohl mir mein Zuhause so wehgetan hatte? Die Weihnachtsbaumfarm zu kaufen, weil ich meinen Rachegelüsten verfallen war? Das nächste Lied startete: *Wonderful Dream.* Ja, es kam mir eher wie ein Traum vor, aber kein wundervoller.

In der nächsten Kurve schlingerte das Auto und holte mich zurück ins Hier und Jetzt. Ich steuerte gegen und fuhr weiter. Mein Herz raste, doch da war noch etwas. Freude. Endlich wieder Schnee, Serpentinen, Wälder, die Berge und Weihnachten in der Schweiz. Heimat.

Wo wir wieder bei der Weihnachtsbaumfarm wären.

Meine Mutter hatte bestimmt nicht damit gerechnet, dass ich die Farm kaufe, als sie mir mitteilte, dass sie zum Verkauf steht. Zuerst hatte ich das Bild von Maria im Kopf, die die Farm damals betreut hatte. Die Bäume waren ihre Familie. Leider auch die einzige. Doch sie konnten kein Erbe annehmen und so wurde die Farm zum Verkauf angeboten. Noch bevor diese Neuigkeit im Dorf die Runde gemacht hatte, war mir der zweite Gedanke gekommen:

Nimm sie ihnen weg, so wie sie dir alles weggenommen haben.

Verschiedene Erinnerungsfetzen vermischten sich halbtransparent und weichgezeichnet mit der magischen Landschaft.

Plötzlich blitzte etwas vor mir auf, schnitt die Erinnerungen entzwei. Ein Licht. Es kämpfte sich durch die Schneewand. Ein Auto! Ich nahm den Fuß leicht vom Pedal und hielt das Lenkrad fest. Sobald der Wagen an mir vorbeigeflitzt war, seufzte ich erleichtert. Jede gemeisterte Kurve zeigte mir wieder: Ich war eins mit dem Schnee, der wilden Natur und den rauen Bergen.

Durch die Flocken leuchtete mir bereits mein Heimatdorf entgegen. Ich lockerte meinen Griff um das Lenkrad. Meine Fingerknöchel standen nicht mehr ganz so weiß hervor.

Apfel-Zimt-Limonade

Zutaten:

1 Bio-Zitrone
1 l Apfelsaft
1 Zimtstange
2 TL Honig

Zubereitung:

Schneide die Zitrone in feine Scheiben. Gib diese zusammen mit dem Apfelsaft, der Zimtstange und dem Honig in einen Topf und koche alles einmal auf. Stelle die Limonade anschließend in den Kühlschrank. Je länger du sie ziehen lässt, desto intensiver werden die Aromen von Zitrone und Zimt. Siebe die Limonade vor dem Servieren ab, um die Zimtstange und die Zitronenscheiben zu entfernen. Wenn du möchtest, kannst du die Limonade auch noch mit etwas Sprudelwasser mischen.

Tipp: Für eine vegane Variante kannst du statt Honig auch Agavendicksaft oder Reissirup verwenden.

3. DEZEMBER

Eine verzerrt klingende Version der Melodie von *O Tannenbaum* ließ mich hochschrecken.

»Na? Bist du schon wach?« Schlaftrunken erkannte ich durch das Spiegelbild des ausgeschalteten Fernsehers meine Mutter hinter mir. Ich blinzelte mehrmals, bevor ich mich streckte und laut gähnte.

»Ja, jetzt schon.« Mein Rücken knackte, als ich mich abwechselnd nach links und rechts drehte.

Memo an mich: Du bist zu alt um im Sitzen zu schlafen.

Ich wandte mich zu ihr und erkannte auf der Kommode hinter mir die alte Spieluhr mit dem weiß-rot-goldenen Karussell, von der die etwas schiefen, holprigen Töne kamen, die den Raum erfüllten.

»Oh, die habe ich ewig nicht gesehen.« Sanft strich ich über das sich drehende Dach des Kinderkarussells.

»Die ist ebenso unzerstörbar wie ich«, witzelte meine Mutter, klopfte sich auf den Brustkorb und hustete daraufhin los.

»Natür…« Ich spürte, wie mir das Herz in den Bauch sackte und sog laut die Luft ein.

Meine Briefe! Ich musste sie wegräumen, bevor meine Mutter … Moment! Mit meinem Handrücken schob ich den Deckel der Box weiter hinter das Sofa.

»Was ist los?« Meine Mutter schwang ihren alten Besen mit den kratzenden roten Borsten über die noch älteren Holzdielen von 349.895 v. Chr.

»Ähm, ich … nichts, hier waren nur Briefe, die …«

»Oh, ja, die habe ich gesehen, als ich dich zugedeckt habe.« Erst jetzt fiel mir die Kuscheldecke auf meinen Beinen auf.

»Hast du sie …?« Jetzt rutschte mir das Herz vom Bauch noch weiter nach unten. In die Füße. Dort zerbrach es nach einem heftigen Aufschlag und landete auf dem Boden. »Geles…«

»Jap. Abgeschickt.«

Nun lösten sich die zersprungenen Teile meines Herzens mit einem lauten Knall in Luft auf.

»Du bist ganz fahl im Gesicht, ist alles in Ordnung?« Sie fegte vor mir und stieß mit dem Besen gegen den Couchtisch, doch mein Blick blieb starr gegen die Wand gerichtete. »Macht doch nichts. Ich musste sowieso zur Post und habe gleich alles mitgenommen.« Sie erschauderte. »Und das bei dem Wetter.«

Ein Blick nach draußen: Schneesturm. Dasselbe eisige Chaos das gerade in mir herrschte. Das konnte doch nicht wirklich passiert sein. Wenn Mika meine Briefe las, dann … Ach du Scheiße! Da kam ich mir gleich vor wie in einer mittelmäßigen RomCom. Fehlte nur noch, dass mir jeden Augenblick etwas auf den Kopf fiel, ich ausrutschte oder etwas Heißes auf mich oder andere schüttete.

Drei, zwei, eins … nein? Nichts. Okay, das mit den Briefen reichte auch aus.

Marias Weihnachtsbaumfarm erwartete mich genau so, wie ich sie in Erinnerung hatte. Bäume. Überall – wirklich überall – ragten die Weihnachtsbäume empor: große, kleine, perfekt geformte und solche mit eigenwilligem Charakter, bereit, ein neues Zuhause zu finden. Es war, als gäbe es nur hier den perfekten Baum für jeden Menschen. Inmitten der Bäume, hinter dem kleinen Fluss, stand eine Hütte, aus der ich fast glaubte, jeden Augenblick Maria kommen zu sehen. Ich schritt über die schmale dunkle Brücke, wobei sich das Knarzen des morschen Holzes mit dem Rauschen des kleinen Flusses unter mir verband. Das Schild *Marias Weihnachtsbaumfarm* lehnte an der Holzhütte, in der sie immer Gratispunsch gekocht hatte. Die verblassenden Gesichter auf den Bäumen, an deren Spitzen sich Weihnachtsmannmützen befanden, lachten mich an. Doch eines fehlte: Maria. Sie war weder in der Hütte noch im Wald. Es fiel mir schwer, von Maria in der Vergangenheitsform zu denken.

Ich wisperte den Tannenbäumen ein leises »Sorry!« entgegen und ging auf die Abzweigung zu. Links von mir lag die Holzhütte, rechts ging es in den Waldabschnitt, der Maria, nein, mir gehörte, mit den vielen wildwachsenden Bäumen. Von diesen konnten sich die Leute einen aussuchen, den Marias helfende Weihnachtselfen dann absägten. Geradeaus standen normalerweise die Bäume, die Maria schon ausgewählt und gefällt hatte. Sorgsam präsentiert in mehreren Weihnachtsbaumständern aus Metall. Bereit, Familien oder auch Singles und Läden eine schöne, wohlriechende Zeit zu bescheren.

Doch jetzt war alles anders. Aus dem Schornstein kam kein Rauch, es roch nicht nach Punsch, die aufgereihten Weihnachtsbäume fehlten und der Weg rechts von mir war voller Schnee. Die letzten Bäume, die Maria verkauft hatte, waren wahrscheinlich bereits abgeholt worden. Während ich die Hütte aufsperrte, kroch wieder die Panik wegen meiner Briefe an Mika in mir hoch, doch ich konnte sie mit Mut machenden Gedanken beiseite drängen, die ich mir zurechtgelegt hatte: Vielleicht wohnte er an dieser Adresse gar nicht mehr und die Briefe kamen zurück? Eventuell hatte er vergessen, wer ich war, und schmiss die Briefe weg? Stempelte es als Streich ab? Wohlmöglich schlug sogar ein Komet in seinen Briefkasten ein und verbrannte die Schandflecken meiner Jugend zu Asche?

Reichte das, um mich zu beruhigen? Nein. Aber mehr konnte ich im Augenblick nicht tun.

»Noel?« Diese Stimme kannte ich doch.

Voller Schreck riss ich die Tür zur Hütte auf, was wohl den Schnee auf dem Dach ins Rutschen kommen ließ. RomCom-Moment Nummer zwei: Etwas fällt auf mich. Check.

Viel zu hart klopfte ich mir den Schnee von den Schultern, in der Hoffnung, das würde mich aus meinem Albtraum holen. Das konnte doch nicht passieren. Oder? Oder!?

»Alles gut?« Mika stand zunächst nur neben mir. Mit einer Belustigung im Gesicht, die ich am liebsten auch weggeklopft hätte. »Bist du keinen Schnee mehr gewohnt, Noel?«

Ich zuckte zusammen. Er wusste noch, wer ich war. Fuck.

Aber ... ohh. Er wusste noch, wer ich war. Woher kam denn plötzlich diese Wärme in meiner Brust? Fast hätte ich angefangen zu grinsen. Ein verräterisches, naives Lächeln zupfte an meinen Mundwinkeln, aber ich presste die Lippen fest aufeinander.

»Witzig.«

Mika verringerte den Abstand zwischen uns und wuschelte mir durch die Haare. »Da ist noch Schnee«, sagte er und behielt mich dabei mit seinen dunkelblauen Augen fest im Blick.

Ruckartig betrat ich die Hütte und pustete etwas von der Staubschicht vom alten gusseisernen Ofen.

Daneben lag die selbst zusammengenagelte Holzlatte, die Maria benutzt hatte, um die Größe der Bäume abzumessen und den Preis einzuschätzen – wobei sie immer zu günstig verkauft hatte. Ich hob die Messlatte etwas an. »Ich weiß noch, wie wenig sie meiner Mutter damals berechnet hat, obwohl ich gesehen habe, wie groß der Baum war. Also nachdem mein Dad ...«

»Maria war zu gut für uns. Ich hoffe, du wirst ihr gerecht.« Mikas Stimme war angenehm warm, wurde beim zweiten Satz jedoch rauer.

Der Maßstab knallte zu Boden. Staub wirbelte auf und tanzte im kalten Winterlicht, das durch die Fenster schien. Meine Augen fanden seine. »I-Ich?«

»Noel. Gerade du solltest Hochnadelhorn besser kennen.«

Natürlich. Hier machte immer sofort alles die Runde. Jeder wusste über alles Bescheid. Selbst wenn es unmöglich erschien. Und meine Mutter? Sie auch? Immerhin hatte sie mir vor einigen Wochen am Telefon davon erzählt, dass die Farm verkauft werden würde. Während die anderen Leute im Ort noch überlegt hatten, woher sie genug Geld dafür hernehmen sollten oder ob die Farm ein Gemeinschaftsprojekt des Dorfes werden könnte, hatte ich sie mir ohne lange zu überlegen unter den Nagel gerissen.

»Und du willst sie verkaufen, nicht wahr?« Mika nickte statt auf eine Antwort zu warten. Als eine Autotür zuschlug, folgte ich ihm nach draußen. »Du weißt, wie die Leute sind. Sie lassen Traditionen und immer Dagewesenes ungern los.« Ich fragte mich, was Mikas Einstellung dazu war und ob seine Aussage nur auf die Farm bezogen war.

»Noel!« Rosa, der die Bäckerei gehörte, winkte uns zu.

»Woher wusstet ihr, dass ich hier bin?« Angst kroch in mir hoch, als ahnte mein Körper schon, was los war, bevor ich es begreifen konnte.

Mika lachte, ein paar blonde Strähnen rutschten aus seiner Mütze, und er hielt sich dabei den Bauch. »Wir wissen alles, und Rosa, die ...«

»Untersteh dich und verkauf die Farm!« Rosa reckte die Faust in die Luft.

Warum hatte ich nur die Befürchtung, dass sie nicht die Einzige sein würde, die mir den Verkauf ausreden wollte?

Schneeweiße Locken umspielten Rosas rundes Gesicht, als sie uns durch die Backstube führte. Es roch nach Weihnachtsbäckerei mal eintausend. »Und Maria hat damals nach dem Tod ihrer Eltern die Farm mit achtzehn direkt übernommen. Sie hat ihr alles bedeutet.« Sie klaubte zwei Plätzchen auf, die mit rosa Zuckerglasur und weißen Schneeflocken verziert waren. »Hier, die müsst ihr auch noch probieren!«

Sie ließ uns gar keine Wahl, sondern schob uns das Gebäck direkt in den Mund. Mika warf mir einen belustigten Blick zu. Ich war kurz davor, ihn zu erwidern, doch da fielen mir die Briefe ein und die Tatsache, dass ich die Farm verkaufen würde. Beschämt wandte ich mich ab.

»Und weiter?«, sagte ich zu Rosa.

Rosa wischte sich die Hände an ihrer pinken Schürze mit Schneemannmotiv ab. »Die Farm hat ihr alles bedeutet. Es war, als spürte sie den Geist ihrer Eltern zwischen den Bäumen.« Die Luft war schwer von dem herrlichen Duft nach Zimt, Vanille und frisch gebackenem Brot. An den Wänden der urigen alten Backstube hingen rustikale Holzregale, auf denen Körbe voller Brotlaibe und Weihnachtsgebäck standen. Der Ofen in der Ecke gab eine wohlige Wärme ab.

»Das ganze Jahr über kümmerte Maria sich um die neuen Bäume, um Kooperationen, Werbeschaltungen für November und Dezember, spendete Geld vom Verkauf, plante vorab schon den kleinen Weihnachtsmarkt auf der Farm und organisierte die Auslieferung der Bäume auch in die Nachbarorte. Das Unternehmen war ihr Ein und Alles.« Als wir in den Verkaufsraum traten, empfing uns das schummrige Licht der alten, handgefertigten Lampen, die eine gemütliche Stimmung verbreiteten. Ein geschmückter Weihnachtsbaum funkelte an der Fensterfront, während der Raum von einem dezenten, aber beständigen Zimtduft erfüllt war, der sich mit der leisen, weihnachtlichen Musik zusammen anfühlte, als läge ein Weihnachtszauber in der Luft. »Maria hat die alte Farm und unsere Traditionen so geliebt. Der Verkauf würde ihr Andenken zerstören, das wäre ungerecht.«

Ungerecht?! »Und eure Traditionen haben mich beinahe zerstö... egal«, platzte es aus mir heraus, und ich stürmte aus der Bäckerei nach draußen.

4. DEZEMBER

Rosa, die sich ihre goldene, geschwungene Brille richtete, huschte in die Backstube. Am liebsten hätte ich mich entschuldigt, aber wann hatte sich jemals jemand bei mir dafür entschuldigt, dass sie mich alle ausgeschlossen hatten?

Ich beobachtete Mika durch das Schaufenster der Bäckerei. Er sprach mit Rosas Enkelin hinter dem Verkaufstresen, als mein Handy vibrierte:

Kann doch früher wegen der Farm kommen, gibt's bei euch eine Pension oder so?

Der potentielle Käufer der Weihnachtsbaumfarm. Ich tippte gerade meine Antwort, da stand Mika plötzlich neben mir und ich steckte das Handy schnell weg.

»Rosa hat dich wohl bedrängt, was?« Mika konnte natürlich nicht verstehen, worum es mir ging, warum mich das alles mitnahm. Er war normal. Er lebte das Leben, das alle von ihm erwarteten. Mika, der sich in die Gemeinschaft einfügte, vermutlich verheiratet war, irgendwann ein Kind zeugte, ein Haus baute und nicht meine Lebensrealität lebte.

»Äh, ja, ja das war's.« Nervös knetete ich meine Hände.

»Schau mal.« Mikas Gesicht war ganz nah an meinem. Beinahe Wange an Wange. Mein Puls schoss in die Höhe. Ich musste schlucken. Mist. Hatte er das, so nah an mir, gehört? »Siehst du den Baum mit den Gutscheinen dran?«

Ich nickte und meine Wange berührte seine. Bartstoppeln rieben über meine Haut.

»Eine Idee von Maria. Gutscheine auf einem ihrer Bäume mit kostenlosen Brötchen, Plätzchen und so weiter. Für die Leute, die gerade knapp bei Kasse sind, bezahlt von Maria.«

Eine Geste, die mir ein paar Tränen in die Augen trieb. Dennoch. Dennoch musste ich standhaft bleiben. Ich würde ihnen allen etwas nehmen, das ihnen viel bedeutete. So wie sie mir meine Heimat genommen hatten. So wie damals, als ich sonntags Brötchen geholt hatte, und Rosa über ein lesbisches Pärchen, das sie im Fernsehen gesehen hatte, spöttisch gesprochen hatte.

»Dann sollen sie die Gutscheine eben an die Vitrine neben dem Eingang mit den Musterhochzeitstorten oder auf die Bedientheke kleben.« Ich zuckte mit den Schultern und entfernte mich von ihm. »Du weißt nicht, wie es damals …«

»Hey! Mika! Noel!«

Ich wandte mich um, als ich die Rufe von Billy hörte, dem Besitzer von Schatz & Söhnes Geschenkwarenhandel. Über der automatischen Eingangstür war ein Nussknacker angebracht, in dessen offenem Mund sich ein Fenster des zweiten Stocks befand.

»Kommt doch mal rüber!«

Ehe ich mich's versah, saß ich auf einem viel zu kleinen Stuhl vor einem viel zu kleinen Tisch und bastelte mit einer Kindergartengruppe Weihnachtsdekorationen wie Sterne aus Nussschalen oder Weihnachtsmänner aus Stoffresten. Neben mir eine Tasse heißer Kakao. Ich drückte so fest ich konnte auf die alte verklebte Heißklebepistole, aber kein einziges Tröpfchen von dem Zeug landete auf meiner Nussschalenhälfte. Warum hatte ich nochmal zugestimmt, bei dem Deko-Wettbewerb mitzumachen?

»Du kannst das ja gar nicht«, merkte ein Mädchen an.

»Warum hast du deine Finger mit der Goldfarbe angemalt? Die soll doch auf die Nussschalen«, fragte ein Junge.

Gegenüber von mir konnte sich Mika, der selbstverständlich schon seinen Weihnachtsstern aus den zusammengeklebten Nussschalenhälften fertig gebastelt hatte und gerade die rot-weiße Schleife daran befestigte, das Grinsen nicht verkneifen. Er saß mit gespreizten Beinen auf einem kleinen Hocker, um jeweils ein Bein der Länge nach neben den Kindertischen auszustrecken. Ich legte die Heißklebepistole zur Seite und schoss ein Foto davon – wie ein Riese in einem Feenland sah er aus.

»Da, deine Pistole tropft.« Die Warnung des Mädchens holte mich aus meinen Gedanken und ich schnappte mir das Gerät.

»Und ihr? Ihr könnt das?«, hakte ich gespielt entsetzt nach. »Da ... Oh, das ist echt schön, aber da ... da, das ist auch ... okay, okay, ihr könnt das alle, nur ich nicht.« Die Kinder lachten, als ich aufgab und meine ersten beiden Nusshälften wie aufs Stichwort wieder auseinanderfielen.

Das Lachen blieb mir im Hals stecken, als Mika neben mir auftauchte. Wieder viel zu nah an mir. Warum war er immer so nah an mir dran? Ahh! »So geht das.« Seine wohlig warme Stimme legte sich wie flüssiges Karamell um mich. Seine Hand führte meine um die Pistole. Mit der einen führte er meine Finger an die richtige Position, während er mit der anderen den Klebestab etwas mehr hineindrückte.

Aus dem Augenwinkel sah ich zu ihm nach hinten. »Bastelst du zu Hause auch, oder wie?«, fragte ich neckend nach.

»Ja, es beruhigt meinen Vater. Er hat Demenz und ich bin wieder bei ihm eingezogen.« Mein Herz wurde schwer. Gleichzeitig hieß das, er lebte noch oder wieder in seinem Elternhaus. Mit der Adresse, die auf meinen Briefen stand.

Das Basteln, die Heißklebepistole, alles war in diesem Augenblick vergessen. Ich wandte mich zu Mika um, spürte einen Widerstand an meinem Ellenbogen und drehte mich noch ein Stück weiter, um ihm in die Augen sehen zu können. »Tut mir leid mit deinem Va... ahh, ahh! Ahh!«

Der nächste RomCom-Moment: Ich hatte die Tasse mit dem heißen Kakao umgeworfen. Danke auch für nichts, liebes Weihnachtsuniversum!

»Alles gut? Wie geht's deinem Schritt?« Mika lehnte sich an den Türrahmen der Männertoilette und verbarg sein Schmunzeln mehr schlecht als recht. Falls er es überhaupt ernsthaft versuchte.

»Dem geht's gut, danke.« Glücklicherweise hatte ich eine schwarze Jeans an, da ging der Fleck etwas unter. Ich tupfte meine Hose noch einmal ab und warf das Papiertuch in den Mülleimer.

»Und deinem?« Das hatte ich einfach so leichtfertig dahergesagt, damit keine Stille aufkam, doch noch während ich es aussprach, weiteten sich meine Augen vor Schreck. »Ich … sorry, das war nur so …«

»Meinem geht's prima.«

»Habe nicht nachgedacht, sorry.«

»Hey ihr, alles gut? Wir geben gleich bekannt, wer gewonnen hat.« Billy Junior musterte mich. »Noch einen Kakao?«

»Danke, ich verzichte. Wir kommen.« Mit glühenden Wangen folgte ich ihm zur Bekanntgabe.

Der Geschenkwarenladen von Schatz & Söhnes hatte seinen ganz eigenen Charme – alt, etwas chaotisch und voller Leben. Im zweiten Stock, wo die Bekanntgabe der Gewinner des Deko-Wettbewerbs stattfand, lagen noch überall Papierreste, zerbrochene Nussschalen und andere Überbleibsel der Bastelaktion herum. Vor den großen Fenstern waren kleine Tannenbäume aufgestellt, jeder von ihnen mit handgefertigtem Schmuck dekoriert – glitzernde Sterne, goldfarbene Nüsse und bunte Schleifen. Dazwischen hingen Girlanden, die sich entlang der Wände zogen, geschmückt mit rot-weißen Glöckchen. Inmitten dieses weihnachtlichen Chaos stand Billy Senior, ein breites Lächeln auf den Lippen und den glänzenden Pokal fest in der Hand. Um ihn herum versammelten sich die Kinder, deren Augen mit den Lichtern der Tannenbäume um die Wette funkelten. Wir gesellten uns dazu. Neben mir stand ein Junge, der nervös von einem Fuß auf den anderen tänzelte.

Während Billy Senior seine Rede begann, ging ich neben dem Kind in die Hocke. »Nervös? Das wird schon.«

Der Junge sah mich an. »Ein wenig, aber ich freue mich eher auf die kandierten Äpfel danach.« Schüchtern wandte er sich ab, ehe er wieder zu mir schaute. »Wer gewinnt, ist ja egal, es macht Spaß, dass wir zusammensitzen und basteln. Hätte Maria das nicht organisiert, wäre ich viel zu oft alleine. Meine Eltern sind in der Weihnachtszeit immer mit der Arbeit beschäftigt. Im Kindergarten bin ich oft einsam, weil alle anderen früher abgeholt werden und meine Oma ist so fad und alt.« Hm.

Dem Kleinen ging es also nur um das Beisammensein, nicht um einen Gewinn.

»Das ist schön.«

»Ja, Maria hatte tolle Ideen, morgen darf ich mit Rosa backen.«

Ich atmete tief ein. »Freut mich.«

»Psst, jetzt sagt er, wer gewonnen hat.« Der Junge drückte mich weg und drängelte sich nach vorne.

Ich stand auf und spürte den Blick von Mikas dunkelblauen Augen auf mir.

Billy Senior fuhr mit seiner Rede fort: »Wie erwähnt, sind wir alle Gewinnende, aber ein Stern hat einen winzig kleinen Vorsprung und das ist der von Team Mika!«

Dass Mika gewonnen hatte, störte mich nicht. Es war nur ein Etappensieg, mir aber würde der Hauptgewinn gehören: Die Genugtuung, ihnen die Farm weggenommen zu haben. Eventuell würden einige Leute dann verstehen, wie es war, ein Stück Heimat zu verlieren. So wie ich, als sie mir die Unbeschwertheit meiner Jugend genommen hatten. Ich musste schlucken bei der Erinnerung daran, wie ich stets auf der Hut sein musste, da hinter jeder Ecke jemand hätte lauern können, der mich wieder einmal anspucken wollte. Oder daran, wie mich jemand zur Winterzeit so heftig gegen die Spielplatzrutsche geschubst hatte, dass mir die scharfen Eiszapfen den Arm zerkratzt hatten.

»Habt ihr das geplant? Mich aufzusuchen wie die Geister der Weihnacht, um mir ein schlechtes Gewissen zu machen?«, fragte ich mit hochgezogener Augenbraue.

»Würde es denn funktionieren?« Aus Mikas Gesicht blitzte der Schalk. Hilfe, ich liebte seine unbeschwerte Art und wie er mich sofort mitriss. Ich sah zu ihm hoch, doch bevor ich antworten konnte, fuhr Mika fort: »Hast du noch Zeit für Eislaufen?« Das klang nach meinem nächsten Rom-Com-Moment: Irgendwo ausrutschten. Aber wenn das auch hieß, von Mika aufgefangen zu werden, dann – äh, stopp! Was dachte ich denn da?

»Von mir aus. Aber ich warne dich, ich bin damals der beste Eisläufer gewesen.«

»Aber das ist lange, lange, lange, lange, lange her.«

»Hey!« Ich gab Mika einen gespielt empörten Klapps auf den Arm. »Du wirst schon sehen. Aber sag mal, wie kannst du so … keine Ahnung, so viel Lebensfreude ausstrahlen? Ich meine, das mit deinem Vater muss doch schlimm sein, oder?« Unterwegs hatte er mir auch noch erzählt, dass seine Mutter sich hatte scheiden lassen und weit weggezogen war.

»Anfangs ist das, was du Strahlen nennst, weg gewesen. Aber dann habe ich mir gedacht, Dad fände es nicht gut, wenn ich wegen ihm zum Miesepeter werden würde. Er würde wollen, dass ich trotz allem – trotz der Ängste, dass ich auch erkranken könnte, und der Sorge, was aus ihm werden wird – mein Leben in vollen Zügen auskoste. Denn selbst wenn ich irgendwann alles vergessen sollte: Erlebt habe ich all das Schöne trotzdem.«

Zu hören, wie Mika der Welt begegnete, verpasste meiner inneren Schutzmauer einen Riss und ich musste an einen meiner Briefe denken. An den, der mich an genau diese Eigenschaft von Mika erinnerte.

Dez

5. DEZEMBER

Während wir uns auf den Weg zur Eislaufbahn machten, brach die Nacht herein. Wie ein Ping-Pong-Spiel sprangen meine Gedanken zwischen den Briefen und Mika hier neben mir hin und her. Die Gassen waren mit im Sternenlicht glitzerndem Schnee bedeckt, der sanft unter den Schuhen knirschte. Ich genoss es, mit Mika zu schweigen. An den Häusern hingen Weihnachtsgirlanden mit kleinen roten Schleifen und goldenen Glöckchen, die sanft im Wind klingelten. Hier und da leuchtete warmes, goldenes Licht aus den Fenstern, die teilweise mit Fake-Schnee aus der Spraydose verziert waren.

»Kannst du mittlerweile besser Eislaufen? Also ernsthaft jetzt?« Mikas Frage kam so unvorbereitet, dass sich meine Gedanken überschlugen.

Er erinnerte sich noch daran, wie ich Schlittschuh lief?

»Vielleicht bin ich doch nicht der beste Eisläufer. Ähm, ich … ich bin seitdem auch nicht mehr gefahren … gelaufen? Geschlittschuht?« Ich musste lachen. »Du weißt, was ich meine.«

Schon aus der Ferne konnte ich freudige Rufe und das dumpfe Schaben von Kufen auf Eis hören. Die Lichter der Eislaufbahn flimmerten am Ende des Weges. Wir näherten uns der Outdoor-Eislaufbahn, die von der glatten, spiegelnden Fläche eines zugefrorenen Sees gebildet wurde. Lichterketten hingen an den umliegenden Bäumen und bunte Kugeln, die die Szenerie in eine weihnachtliche Stimmung tauchten.

Mika setzte sein verschmitztes Grinsen auf. »Dann hoffen wir mal, du …«

»Wieso willst du mit mir eislaufen?« Überrascht durch meine Unterbrechung stand Mika kurz der Mund offen, bevor er sich nach ein paar gestammelten Ähs wieder fing.

»Ich … Wenn ich ehrlich bin …« Mika verschränkte die Arme hinter den Kopf und wartete mit seiner Antwort, bis wir den Kassier an der Eislaufbahn bezahlt hatten und drinnen waren.

»Ich warte noch auf eine …« Ich nahm meine Schlittschuhe und rief dem Sohn des Besitzers, der gerade Mikas Schuhe holte, ein Danke zu. »… Antwort.«

»Ich weiß, und ich …« Mika nahm seine Schuhe entgegen und bedankte sich ebenfalls, ehe wir uns an die Bahn setzten und uns umzogen. »… überlege, wie ehrlich ich wirklich sein soll.«

»Na, am besten ganz ehrlich.«

»Hundertprozent volle Ehrlichkeitsdröhnung? Sagst du mir dann auch, warum du die Farm gekauft hast und allem Anschein nach verkaufen willst?«

Ich ließ die Schlittschuhverschlüsse einrasten und erhob mich. »Gut, dann die halbe Wahrheit.«

»Siehst du.« Mika stieg vor mir aufs Eis, und ich folgte ihm mit zittrigen Knien. »Also, äh. Oh, bin ich zu schnell?« Er warf mir einen besorgten Blick zu.

Ich beeilte mich, zu ihm aufzuschließen, und merkte, wie ich langsam immer mehr Sicherheit auf dem Eis bekam. »Hier bin ich. Also?«

»Manchmal zögere ich es hinaus, nach Hause zu gehen. Ich weiß, es ist scheiße und ich sollte die Zeit mit meinem Dad nutzen, aber jedes Nach-Hause-Kommen ist eine Überraschung. Wie geht es ihm? Wie viel weiß er? Heute ist auch eine externe Pflegebetreuung da. Muss ich mich mies fühlen od… woah!« Jetzt war es Mika, der beinahe zur Seite gekippt wäre, hätte ich ihn nicht aufgefangen. Wir hielten kurz an, doch dieser Moment – der tiefe Blick in seine Augen, sein warmer Atem auf meiner Haut – schien gefühlt ewig anzudauern. Hektisch löste ich mich von ihm.

»Nein! Gar nicht. Du brauchst diese Auszeit doch auch, bei allem, was du da leistest und machst. Dann bin ich gerne deine Ablenkung, denn wie du siehst …« Ich überholte Mika, drehte mich um und lief rückwärts weiter. »… bin ich nun anscheinend doch ein Eislaufprofi.«

Mikas Wangen färbten sich rosa. Er legte sein schiefes Lächeln auf und sah sich um. Ich folgte seinem Blick. Die Menschen lachten, Kinder schwankten unbeholfen auf den Kufen, während Paare Hand in Hand gemeinsam über das Eis glitten. Die Bahn war belebt, aber nicht überfüllt. Mikas Miene verriet, dass er hier eine Art innere Ruhe suchte, obwohl seine Gedanken vermutlich bei seinem Vater waren.

»Und es …«

»… gehört, dass Marias Weihnachtsbaumfarm verkauft werden soll?« Dieser Gesprächsfetzen von zwei Männern, die neben uns standen, während ihre Kinder auf dem Eis vor ihnen bemüht waren, nicht hinzufallen, ließ mich stocken.

Ich fuhr gegen die Bande und hielt mich dort fest. Mika tat es mir nach. »Es wissen echt alle, oder?«

Mika nickte langsam.

»Ich finde das schrecklich«, kam es vom linken Vater, der ein Stirnband mit aufgestickten Rentieren trug.

»Die Farm gehört schon seit Jahrzehnten zu unserem Dorf. Maria hat so viel getan. Erinnerst du dich noch an das Eislauftheater der Grundschule vor ein paar Jahren, das Maria eingeführt hat? Die Kinder spielten Weihnachtsbäume und erzählten feierliche Geschichten von überall auf der Welt.«

»Ja, da habe ich meine Frau kennengelernt und mich für abends zum Punschumtrunk auf Marias Farm mit ihr verabredet. Seitdem haben wir keinen Tag mehr ohne einander verbracht.« Er half seiner Tochter dabei, sich an einer der Pinguineislaufhilfen festzuhalten.

»Verstehst du, was die Leute verlieren, wenn du …«, fragte Mika ernst.

»Wenn ich was? Alles zerstöre? Hat sich damals je jemand für mich interessiert? Egal, es … egal. Ich sollte gehen.«

»Noel warte, bitte!« Ich stampfte mehr über das Eis, als dass ich Schlittschuh lief, aber ich wollte nur noch weg.

Der klare, sternenübersäte Himmel wölbte sich über uns, während wir uns über den See bewegten. Die kalte Luft brannte leicht auf den Wangen, aber es war das gute, belebende Brennen, das einem das Gefühl gab, lebendig zu sein. *Du fühlst noch etwas, du musst nur die flammende Wut in dir abkühlen. Sobald das hier erledigt ist, kannst du wieder in dein normales Leben zurückkehren,* versuchte ich mich selbst zu beruhigen. Das Leben, in dem ich all das, was dieser Ort in mir aufwühlte, wieder verdrängen konnte.

Ja, klar, etwas zu verdrängen war nicht das Beste, um die Wunden des Lebens zu heilen, aber für mehr war ich nicht bereit. Als ich wieder festen Boden unter den Füßen hatte, zog ich die geliehenen Schlittschuhe aus und gab sie ab.

Dicht gefolgt von Mika.

»Noel. Mir ist schon klar, dass …«

»Nein.« Ich machte auf der Stelle kehrt. »Nein, eben nicht. Dir ist gar nichts klar, Mika.«

Obwohl ein Teil in mir diesen Mika oder den Mika von damals beeindrucken wollte und flehte, dass er mich mochte, weil sich der Noel von damals so sehr danach gesehnt hatte, musste ich auf meine Vernunft hören.

Mika legte seinen Kopf schief. »Ach, nein?«

»Nein, Mika. Du musst hier auch nicht den Good Guy raushängen lassen, der nett zu mir ist, nur um mich umzustimmen. Also bis dann. Wir werden uns hier im Dorf ja sicher noch über den Weg laufen, ob wir wollen oder nicht.« Die Haut meiner Handinnenseite brannte, so fest ballte ich meine Fäuste und grub meine Fingernägel hinein. Es half: Festen Schrittes marschierte ich auf den Ausgang zu, ohne mich noch einmal umzudrehen.

Zwei Tage abreagieren und sich zurückziehen hatten den gewünschten Effekt. Ich hatte unterschätzt, wie viel Wut noch in mir schlummerte, doch ich musste sie im Zaum halten. Es tat mir leid, wie ich mit Mika gesprochen hatte, aber ich war mir sicher, dass das verletzte Kind in mir es gebraucht hatte. Meiner Mutter hatte ich von alldem nichts erzählt, um die besinnliche Stimmung im Haus nicht zu ruinieren. Wobei sie bestimmt gemerkt hatte, dass etwas nicht stimmte.

Mit einer Decke um die Schultern schlurfte ich in meinen Pantoffeln zu ihr in den Wintergarten. Eine Woge der Rührung überkam mich. Es fühlte sich an wie damals, als wir als Familie gemeinsam Zeit hier verbracht hatten. Als alles noch gut war. Meine Mutter richtete sich, eingewickelt in ihre dicke Decke auf ihrer Liege auf, hob die Decke an und bedeutete mir, zu ihr zu kommen. Mitsamt meiner eigenen Kuscheldecke schlüpfte ich unter ihre. Eine beruhigende Stille senkte sich über uns. Es war die Art von Stille, die nicht nach Antworten verlangte, sondern einfach nur da war.

In meinen Augen sammelten sich Tränen. Ich sehnte mich sehr in die unbeschwerte Zeit meiner Kindheit zurück, in der meine größten Sorgen waren, ob ich gute Noten hatte, ob ich früh genug in der Schule war, um den Schultratsch mitzubekommen, oder ob Freunde und Freundinnen Zeit zum Spielen hatten. Eine Zeit, in der diese Sorgen berechtigterweise so groß schienen, aber im Vergleich zu heute doch so klein waren. In der nicht alles zu entgleiten schien. In der ich mich nicht wie ein Fake-Erwachsener fühlte, in einer Welt voller Menschen, die zwar ebenfalls nach außen hin perfekt erschienen, aber in Wirklichkeit genauso unbeholfen durchs Leben stolperten wie ich. Wer wusste denn schon wirklich, was er im Leben tat?

Meine Mutter lag neben mir, ihren Blick ebenfalls auf das Himmelszelt gerichtet. Das Leuchten in der fernen Dunkelheit half mir jedes Mal. Es ließ mich erkennen, dass in jeder sorgenvollen Phase der Finsternis ein Licht steckte. Wir mussten es nur suchen und uns darauf konzentrieren. Neu definieren, was das Licht in unserem Leben war. In meinem Leben war es in diesem Moment meine Mutter. Sie stellte keine Fragen, obwohl sie wusste, dass etwas nicht stimmte. Sie drängte mich nicht und dafür liebte ich sie.

Um uns herum hing der Duft von Zimt-Vanille-Kerzen in der Luft und ich sog das Aroma ein – süß, warm und behaglich, wie die Erinnerung an vergangene Weihnachtsabende. Mein Vater hatte diese Kerzen geliebt. Die Welt außerhalb dieses kleinen Kokons aus Decken, Sternen und Kerzenlicht fühlte sich fern an. Aber hier und jetzt fühlte ich mich für einen Moment frei von allem, was mich belastete. Meine Mutter griff sanft nach meiner Hand und drückte sie, ohne ein Wort zu sagen. Und das war auch nicht nötig. Sie kannte Situationen wie diese von früher. Den Sturm, der in mir tobte und den ich so gut wie nie herausließ. Sobald sie mir in die Augen sah, erkannte sie, dass etwas in mir vorging. Diese Fähigkeit besaß sie also immer noch, wie früher.

»Vermisst du manchmal die Vergangenheit?«, fragte ich sie.

Ein belustigtes Schnauben drang an mein Ohr. »Jeden Tag, aber das ist okay, solange wir uns davon nicht vereinnahmen lassen. Ich habe dich, ich habe meine Gesundheit, meine Zukunft und all die neuen Aufgaben, seitdem ich mich wieder für die Welt geöffnet habe.«

6. DEZEMBER

Ich saß in der Küche auf einem Hocker, der viel zu hoch für die Kochinsel war und lehnte mich seitlich gegen die Arbeitsplatte, während ich die zerbrochenen Reste der Linzeraugen verspeiste, die meine Mutter gebacken hatte. Der Abend mit ihr hatte mir wieder Energie gegeben, aber sie reichte noch nicht aus, um mich dem potentiellen Käufer der Farm zu widmen. Während ich also auf meine Mutter wartete, die gerade zur Tür gegangen war – vermutlich die Post –, tunkte ich ein abgebrochenes Plätzchenstück in den Puderzucker.

»Natürlich, Daniel, komm rein.«

Daniel? Hieß so nicht der Vater von …

»Mika, wie schön, dich zu sehen. Noel ist in der Küche, ich sehe mir mit deinem Vater die Uhr an.« Moment! Die Kuckucksuhr, die sie für jemanden neu strich, gehörte Mikas Vater? Er hatte ja erwähnt, dass sein Vater manchmal gute, klare Tage hatte. Heute musste einer dieser Tage sein.

Ich richtete mich viel zu schnell auf und rutschte dabei halb vom Hocker, während ich mir mit dem Ärmel Plätzchenkrümel und Puderzucker vom Mund wischte.

»Noel?«

»Hier!« Ich sprang auf, zog meine rot-schwarz karierte Jogginghose hoch, stopfte schnell mein weißes Shirt halbherzig hinein und wuschelte durch meine Haare, wobei mir ein paar dunkle Locken vor die Augen fielen.

»Hier riecht es ja wie in Rosas Bäckerei.« Als er die Küche betrat, löste ich mich von meiner gespielt lässig angelehnten Haltung.

Kerzengerade stand ich da, wusste nicht, wohin mit meinen Händen, und kam mir in der Küche wie ein Fremdkörper vor. Wobei ich das auch irgendwie war. Schon immer. Ein Fremdkörper in Hochnadelhorn.

»Ja, meine Mutter kann einfach alles.« Es fühlte sich an, als kämen die Wände näher und als würde gleichzeitig ein riesiges Gewicht auf meinen Schultern lasten. Mika hier zu sehen, während ich mein bestes Gammel-Outfit anhatte, fühlte sich falsch an. Vor allem nach unserer letzten Begegnung.

»Das stimmt.« Mika trat auf mich zu und deutete hinter sich. »Mein Vater hat heute einen guten Tag. Das ist so schön. Er denkt zwar, ich sei noch siebzehn, aber na ja, es gibt Schlimmeres als diese Zeit.« Er musterte mich langsam.

Ob er meine Briefe erhalten hatte? Ob er sie gelesen hatte? Vielleicht hatte ich mich damals auch bei der Adresse verschrieben? Eventuell hatte er noch keine Zeit sie zu lesen, aber bei ihm einzubrechen und sie zu stehlen war mir dann doch zu sehr RomCom. Und zwar die Art, bei der der Protagonist statt des Happy Ends ein One Way-Ticket in den Knast bekam.

»Ja, ja vermutlich.«

Schweigend standen wir uns gegenüber. Nur, dass er dabei wieder unverschämt gut aussah. Als er sich seine Mütze vom Kopf zog, hoffte ich, wenigstens ein paar plattgedrückte Haare zu sehen. Aber nein, nichts da. Er strich sich einmal über den Kopf und sie lagen wieder perfekt. Danach kratzte er sich verlegen am Hals und sah sich um, während ich möglichst unauffällig die letzten Plätzchenkrümel von meiner Kleidung wischte.

»Tut mir leid, wegen letztens. Es ist deine Sache, wenn du die Farm verkaufen möchtest, es ist nur …«

»Du willst was?!« Meine Mutter unterbrach Mika mit schockiertem Gesichtsausdruck. »Dann habe ich die Leute im Laden doch richtig verstanden.« Sie füllte ein Glas mit frischem Wasser. »Ich bringe das noch schnell deinem Vater, Mika, dann reden wir darüber.«

Mika presste die Lippen aufeinander und verzog sein Gesicht dann zu einer Grimasse. »Es tut mir so leid.« Er seufzte laut. »Schon wieder.«

Wir ließen uns auf die Hocker an der Kücheninsel sinken.

»Schon gut«, sagte ich. »Ich hätte es ihr sagen sollen.«

»Gibt es denn schon einen Käufer?« Mikas Augen waren so voller Hoffnung, ich konnte ihm nicht die Wahrheit sagen, auch wenn ich vielleicht sollte.

»Also, ich … nein, nicht direkt. Bin mir nicht sicher.« Es gelang mir nicht, ehrlich zu sein. Nun, gelogen war es nicht. Ich hatte noch niemandem zugesagt, obwohl es einen Interessenten gab, der bereits auf dem Weg nach Hochnadelhorn war.

»Okay, okay.« Das sagte Mika mehr zu sich selbst als zu mir. »Überleg es dir gut. Diese Farm, Marias Erbe, das ist groß.« Mika breitete seine Arme aus. »So groß. Komm doch mal mit zum Pflegezentrum, wenn du magst. Ich warte dort seit Monaten auf einen Platz für meinen Vater.« Er atmete tief ein. »Er hat es selbst eingesehen, dass es so nicht weitergeht.«

»Ich weiß gar nicht, was ich dazu sagen soll. Tut mir leid? Freut mich für dich, dass er es eingesehen hat und du wieder durchatmen kannst? Nur … Warum soll ich mitkommen?« Meine Gedanken überschlugen sich und ich spürte, wie mein Herz raste.

»Ich bin schon einige Male dort gewesen und habe den Leuten dort freiwillig vorgelesen, um ein bisschen rauszukommen. Bin selbstständig als Grafiker tätig und habe die erste Jahreshälfte echt viel gearbeitet, damit ich mir über Weihnachten eine Auszeit nehmen kann. Manchmal möchte ich gerne etwas Nettes für andere Menschen tun. Die Menschen im Pflegezentrum erzählen immer spannende Geschichten, auch über die Farm.« Mika ließ seine Hand über die schmutzige Arbeitsfläche gleiten, bis sie auf meiner lag.

Ich wollte gerade antworten, da kam meine Mutter wütend angestapft. »Und jetzt zu dir, Freundchen!«

Wir waren ins Wohnzimmer gewechselt und saßen nun schweigend mit Nusstalern und Bratapfelpunsch auf dem flauschigen, dunkelroten Teppich vor dem Kamin und lauschten dem Knacken des Feuers, dem sanften Schnarchen von Mikas Vater, der im Ohrensessel eingeschlafen war, und dem Sturm, der draußen tobte und die grünen Fensterläden klappern ließ. Ich zupfte nervös an der Tannengirlande, die den Kaminsims zierte, wodurch die Weihnachtskugeln dumpf aneinanderschlugen und die selbstgestrickten Socken wackelten.

Meine Mutter amtete hörbar ein und hielt die Luft an, als müsse sie genau überlegen, wie sie ihren nächsten Satz formulieren sollte. Schließlich sagte sie: »Dein Vater und ich haben uns bei der Weihnachtsbaumfarm kennengelernt.«

Überrascht wandte ich mich ihr zu. Aus dem Augenwinkel sah ich, wie Mika in seine Rentiertasse pustete und geschickt ein Plätzchen so in seiner Hand balancierte, dass sie die Schokoladenschicht nicht berührte.

»Ich habe nie darüber nachgedacht, wo ihr euch kennengelernt habt. Ich hatte immer angenommen, dass ihr euch eben von hier aus dem Ort kennt. Und wie kam es dazu?« Ich griff nach meiner Wichteltasse und spürte kaum die Wärme, die das Porzellans abstrahlte. Vielleicht weil ich in Gedanken bei meinen Eltern war. Wie die beiden wohl so waren, jung und verliebt? Bei dieser Vorstellung wünschte ich mir nichts mehr als einen Liebesroman mit ihrer Geschichte – nur ohne spicy Stellen bitte!

»In der Schule ist er mir nie aufgefallen, aber als ich mit deinem Opa den perfekten Weihnachtsbaum in Marias Waldabschnitt gesucht und gefunden habe, hat Maria deinen Vater als Helferlein geschickt, um ihn für uns zu fällen. Ganz so, als hätte sie gewusst, dass wir uns unbedingt kennenlernen sollten. Ich werde nie vergessen, wie Maria gegrinst hat, als wir mit dem Baum zur Hütte zurückgekommen sind. Ich hielt ihn an der Spitze fest, dein Vater am Stamm.« Während meine Mutter erzählte, schaute sie gedankenverloren in ihre Tasse. Wohlig warme Nostalgiegedanken vermischten sich mit traurigem Sehnsuchtshunger, der niemals gestillt werden konnte. Ihre Augen glänzten feucht, doch die schönen Erinnerungen zauberten ihr ein kleines Lächeln ins Gesicht.

»Deshalb ist es dann auch unsere Familientradition geworden, oder?« Wir hatten jedes Jahr unseren Weihnachtsbaum in Marias Waldstück ausgesucht, egal wie lange es gedauert hatte, und nie einen ihrer vorgefällten Bäume gekauft. Es war eine Familientradition und nun wusste ich auch, warum.

»Genau. Dein Vater hat damals mit diesem selbstgebastelten Messholz viel zu wenig berechnet, woraufhin sich dein Opa sehr gefreut hat. Außerdem hat er uns auch noch zwei Tassen Punsch aus der Hütte gebracht. Ich konnte hinterher gar nicht mehr aufhören, an ihn zu denken. Und als er dann zwei Wochen später die Bäume mit Maria ausgeliefert hat, hat er mir seine Nummer zugesteckt.« Sie fuhr mit ihrem Zeigefinger über den Tassenrand.

»Das ist echt eine schöne Geschichte«, sagte Mika, die Augen auf seinen Vater gerichtet, dessen Decke sich bei seinen gleichmäßigen Atemzügen langsam hob und senkte.

»Danke, es ist meine Lieblingsgeschichte. Hör zu, mein Liebling. Ich stehe immer hinter dir, egal was du machst, aber überlege dir auch deinetwegen, ob dir der Verkauf der Farm die Genugtuung verschaffen würde, die du dir dadurch offenbar erhoffst.« Natürlich hatte meine Mutter durchschaut, warum ich am Verkauf interessiert war: Um allen im Dorf eins auszuwischen.

Ich blickte zu Mika, doch er schaute grüblerisch in seine Punschtasse.

»Ich werde es mir gründlich überlegen.« Bevor ich noch etwas sagen konnte, wurde Mikas Vater von seinem eigenen lauten Schnarchen wach.

»Sprecht ihr über Marias Tannenbaumfarm?«, fragte er mit schlaftrunkenem Blick.

»Jap, aber das muss dich nicht beschäftigen, schlaf ruhig weiter«, antwortete Mika, der sofort auf den Beinen war und die Decke seines Vaters richten wollte.

»Lass das! Ich bin doch kein Kleinkind«, zischte dieser und verwies Mika auf seinen Platz. »Sagt Maria, sie soll nächstes Mal lieber den Punsch wieder ordentlich zuckern.«

Wir tauschten alle drei einen Blick, bis Mika den Kopf schüttelte. Also sollten wir ihm nicht sagen, dass Maria nicht mehr lebte.

»Na ja, wie sie will«, fuhr Mikas Vater fort, der das angespannte Schweigen nicht bemerkt zu haben schien. »Ich bin ihr nur dankbar, dass ich damals deiner Mutter auf der Farm einen Heiratsantrag machen durfte. Noch bevor die Sonne unterging, hatte sie überall Lichterketten aufgehängt und uns dann unter einem Vorwand dort alleine gelassen. Um ehrlich zu sein, war es sogar Marias Idee. Sie war der Meinung, es wäre mal Zeit für einen Antrag. Apropos, wo ist deine Mutter denn?«

Fabelhaft, die nächste rührselige Geschichte! Langsam aber sicher war ich überzeugt, dass mich das Weihnachtsuniversum absichtlich mit meinem schlechten Gewissen foltern wollte.

»Sie ist … Keine Ahnung.« Mika seufzte und strich sich harsch die Haare aus dem Gesicht.

Er schien langsam mit seiner Kraft am Ende zu sein. Mitfühlend ergriff ich kurz seine Hand.

Maronikipferl

Zutaten:

FÜR DEN TEIG

275 g Weizenmehl
50 g Zucker
100 ml Milch
20 g Hefe
90 g zimmerwarme Butter

FÜR DIE FÜLLUNG

150 g gegarte Maroni
30 ml Milch
1 EL Rum
15 g Puderzucker

Zubereitung:

Siebe das Mehl in eine Schüssel und vermische es mit dem Zucker. Erwärme anschließend die Milch und gebe sie mit der zerbröselten Hefe und der kleingeschnittenen Butter zu den trockenen Zutaten hinzu. Knete alles gut durch, bis ein glatter Teig entsteht. Decke ihn mit einem Küchentuch ab und lasse ihn an einem warmen Ort ca. 25 min lang gehen.

In der Zwischenzeit kannst du schon einmal die Füllung vorbereiten. Püriere die gegarten Maroni zusammen mit der Milch, dem Rum und dem gesiebten Puderzucker mit einem Stabmixer zu einer zähen, homogenen Masse. Falls deine Füllung noch zu krümelig ist, kannst du etwas mehr Milch hinzugeben.

Knete den Teig nach dem Gehen noch einmal gut durch und rolle ihn dann auf einer bemehlten Arbeitsfläche aus. Schneide den Teig anschließend in ca. 8 Dreiecke. Verteile etwas Maroni-Püree in der Mitte der Dreiecke und rolle sie dann von der langen Seite her auf, sodass kleine Hörnchen oder Kipferl entstehen. Verteile sie auf einem Backblech und lasse sie bei 180 °C Ober- und Unterhitze für 20-25 min im vorgeheizten Ofen backen.

Tipp: Damit die Maronikipferl knusprig braun werden, kannst du sie vor dem Backen mit einer Mischung aus einem Eigelb und einem Esslöffel Milch bestreichen. Statt Rum kannst du der Füllung auch Zimt oder das Mark einer halben Vanilleschote beimischen.

7. DEZEMBER

Das Pflegezentrum roch nach einer Mischung aus Nelken und Tannenzweigen, als ob jemand versucht hätte, die ungemütliche Kälte draußen mit einer gehörigen Prise Weihnachtsduft zu bekämpfen. Bei unserer Ankunft hatte Mika direkt eine gut gelaunt zu Weihnachtsmusik summende Krankenpflegerin begrüßt, die er anscheinend von seiner ehrenamtlichen Arbeit her kannte. Während er nun neben mir herging, konnte ich spüren, dass etwas in ihm arbeitete.

Einige Bewohnerinnen und Bewohner saßen in einem Gemeinschaftsraum. Ein großer Weihnachtsbaum dominierte eine Ecke des Zimmers. Ein Plattenspieler erfüllte den Raum mit einer kratzigen Version von *Stille Nacht*. Eine ältere Dame saß mit einem Buch in der Hand in einem der Sessel, während ein Krankenpfleger versuchte, eine Lichterkette um den Baum zu drapieren. Ein Golden Retriever, der einen Haarreif mit Rentiergeweih trug, schaute ihm schwanzwedelnd dabei zu.

»Hey Mika, bist du heute privat hier? Wenn nicht, kannst du mir gerne beim Schmücken helfen«, sagte der Krankenpfleger und stellte sich auf die Zehenspitzen, um die Kette über den obersten Ast zu legen. »Oder du nimmt dir einen der Lebkuchen, die ich mitgebracht habe.«

»Hey, sorry, ich wähle heute Letzteres. Außerdem habe ich ein selbstauferlegtes Leiterverbot, seitdem ich im Sommer die Traumfänger runtergerissen habe«, antwortete Mika lachend und lotste mich zu einem der Tische.

Ein älterer Herr war gerade dabei, ein Schachspiel für sich und eine der Betreuerinnen aufzubauen. »Die Lebkuchen sind wirklich lecker, Mika.« Er hob die zittrige Hand und deutete auf einen Teller mit Plätzchen.

Dankbar lächelte Mika erst den alten Mann an und dann mich. Ich fühlte mich ein wenig fehl am Platz, grinste aber unsicher zurück. »Hier wird er also bald leben, mein Vater. Crazy, die Vorstellung, oder Noel?« Mika schritt auf einen großen Rundtisch zu, auf dem eine besonders große Schale mit Weihnachtsleckereien stand. Überall im Raum entdeckte ich die kleinen Nussschalensterne aus dem Bastelwettbewerb.

»Hier ist es doch echt heimelig. Wird ihm bestimmt gefallen.« Ein kläglicher Versuch, das Schweigen zu brechen. Meine Worte hörten sich selbst in meinen eigenen Ohren hohl an.

»Weißt du, früher hat er mir Geschichten erzählt. Er hat es geliebt, von seinem beschwerlichen Schulweg zu erzählen oder wie schön es damals ohne Internet war oder wie viel besinnlicher Weihnachten ohne die Medien ablief. Aber jetzt: nichts. Er erinnert sich nicht einmal mehr daran.«

»Dann erzähl du sie ihm. Oder vielleicht könnte ihm das hier helfen.« Ich deutete auf ein Plakat, das ein Angebot für

Musiktherapie zeigte. »Vielen Demenzkranken hilft Musik wohl dabei, alte Erinnerungen zu wecken.«

Mika zuckte die Schultern und nahm sich einen Lebkuchen. Er sah nicht wirklich so aus, als hätte er Appetit, aber vielleicht wollte er seine Hände beschäftigen. Er setzte sich neben einen Mann mit Hut und einem Gehstock in der Hand. »Vielleicht.«

»Ganz sicher, und eurer Beziehung wird es auch guttun. Hier sind Menschen, die wissen, wie sie ihn richtig pflegen müssen. Und du kannst endlich ein wenig runterkommen. Und er hat hier neue Erlebnisse, von denen er dir erzählen kann.«

Mika sah mich an und für einen Moment huschte ein Lächeln über sein Gesicht. »Ja, vielleicht.« Dann biss er in den Lebkuchen. »Und vielleicht solltest du mal über Marias Weihnachtsfarm nachdenken.« Mikas Lächeln wurde breiter.

»Entschuldigen Sie, junger Mann«, wurde er auf einmal von der Seite her angesprochen. Es war der ältere Herr mit dem Gehstock, der uns neugierig musterte. »Ich habe das Dach auf der Hütte von Marias Weihnachtsbaumfarm gemacht. Weiß man schon, wie es mit der Farm weitergeht?«

Mika und ich tauschten einen Blick. »Ähm, nein, nein noch nicht«, antwortete ich und erntete dafür einen abschätzigen Blick von Mika.

Die Frau mit dem Buch klappte selbiges zu und gesellte sich ebenfalls zu uns. »Ich – nein wir alle – können Geschichten über die Farm erzählen. Wusstet ihr, dass Maria wie ihre Eltern und Großeltern jedes Jahr den größten Baum der Kirche gespendet hat? Das war Tradition und sie hatte ein gutes Auge dafür, den perfekten Baum zu finden. Diese Intuition lag ihr im Blut. Es gibt sogar Leute, die behaupten, die Farm sei älter als das Dorf und Letzteres wäre um die Farm herum entstanden.«

Ich konnte nicht anders, als zu schmunzeln. Diese Geschichten über Maria – sie schienen sich wie ein unsichtbares Band durch das Dorf zu ziehen.

Der Schachspieler unterbrach sein Match. Auch der Pfleger auf der Leiter hielt inne und lauschte uns und sogar der Golden Retriever blickte mit schief gelegtem Kopf zu uns herüber.

»Mika, ich hab's dir ja oft erzählt, aber ich habe ihr immer gesagt«, begann der Schachspieler und ließ sich auf einen Stuhl nieder, »sie solle heiraten und Kinder bekommen, jetzt hat sie den Salat! Besser gesagt wir. Was wird aus Hochnadelhorn, wenn es mit der Farm nicht weitergeht?« Ich behielt meinen Kommentar, dass es Marias Sache war, ob sie Kinder wollte oder nicht, für mich und nickte lediglich.

Ja, was würde aus Hochnadelhorn werden?

Lag das nun wirklich ganz allein in meiner Hand?

Wir gingen mit dem Schachmann, der, wie Mika mir beiläufig zuflüsterte, Wolfgang hieß und sich bei mir eingehakt hatte, durch das Pflegezentrum. Von den Decken hingen Weihnachtskugeln und an den Wänden konnte man Kindermalereien mit dem Motto »Ich, wie ich das Christkind treffe« bewundern.

»Kannst du mir mehr darüber erzählen? Wie war das früher mit der Farm?« Keine Ahnung, ob es Mika wirklich interessierte oder ob er lediglich mein schlechtes Gewissen aufstacheln wollte – oder beides. Zugegebenermaßen waren die Erzählungen von früher aber wirklich interessant.

Wolfgang nickte langsam, seine Augen schlossen sich für einen Moment, als müsse er erst in seinen Erinnerungen kramen. »Ach ja, die Farm … es gab einen Winter, in dem sie uns alle in die Hütte gerufen hat, die gute Maria. Sie hatte wohl den aufziehenden Sturm kommen sehen und wollte ihn mit uns gemeinsam überstehen. Der Sturm wütete schließlich so heftig, dass wir nicht mehr ins Dorf zurückkehren konnten, ohne von einem Baum oder herumfliegenden Gegenständen erschlagen oder völlig durchnässt zu werden. Also hat sie uns alle mit Suppe versorgt und dann, dann hat sie uns Geschichten vorgelesen. Weihnachtsgeschichten, wie man sie heute kaum noch hört. Ich schwöre, in dieser Nacht war Maria das Weihnachtswunder in Person.« Seine Stimme zitterte leicht, doch er lächelte. »Es war wie in einem Weihnachtsfilm aus den alten Zeiten mit Suppe, Tee, etwas Wein und Schmalzbroten.«

Diese Geschichten waren für Wolfgang mehr als bloße Erinnerungen, sie waren emotionale Verbindungen zu einem Ort, zu Menschen, zu seiner Familie. Sie sich wieder vor Augen zu führen, schien ihm gutzutun.

»Über diese Nacht habe ich schon lange nicht mehr nachgedacht, aber …« Es war, als hätte der alte Mann einen gedanklichen Faden wieder aufgenommen, der schon vor langer Zeit gerissen war, und langsam, Wort für Wort, verknüpfte er die losen Enden wieder miteinander. »… jetzt muss ich mich ein wenig ausruhen.«

»Natürlich, wo ist denn dein Zimmer? Wir begleiten dich noch ein Stück«, bot ich an.

Wir brachten Wolfang hinein und ließen uns anschließend draußen im Innenhof nieder. Dort stand hinter einer Absperrung ein Fass, in dem ein Feuer loderte. Die Bewohnerinnen und Bewohner warteten drinnen auf das Abendessen, sodass wir ungestört waren.

»Komm«, forderte mich Mika mit einem verschwörerischen Grinsen im Gesicht auf, stieg über die kniehohe Absperrung und reichte mir die Hand. »Ich finde, wir können uns ruhig näher ans Feuer stellen.« Mit einem Zwinkern bedeutete er mir, ihm zu folgen.

Langsam, es fühlte sich an wie in Zeitlupe, streckte ich die Hand nach seiner aus. Gleich würde meine Haut seine berühren. In meinem Kopf dröhnte auf einmal ein Orchester und mein Herz, das die Rolle des Dirigenten übernommen hatte, gab einen viel zu schnellen Takt vor, während die Musiker immer lauter spielten. Adrenalin schoss durch meine Adern.

Okay, ich musste mich beruhigen und wie ein erwachsener Mensch verhalten. Ich ergriff Mikas Hand und ließ mir über die Absperrung helfen. Mikas Wärme, seine leuchtende Energie, die jeden Raum mit Licht durchflutete, schwappte auf mich über. Wieder fragte ich mich: Hatte er die Briefe bekommen? Hatte er sie gelesen?

Mika hielt meine Hand einen Moment länger fest als nötig. Als er schließlich losließ, vermisste ich sofort die Wärme seiner Finger. Wir standen nun dicht am Feuer, das Licht flackerte in seinen Augen.

»Du denkst also, meinem Vater wird es hier gefallen?« Seine Stimme war weicher als gerade eben noch.

»Ja«, antwortete ich. »Du tust das Richtige.«

Mika nickte, und für einen flüchtigen Moment senkte er den Blick, als wollte er noch etwas sagen, entschloss sich aber dagegen. Er hielt seine Hände über die Flammen. Nach einiger Zeit fragte er: »Hast du dir das mit der Farm noch einmal durch den Kopf gehen lassen? Noch hast du ja keinen Käufer.«

Tja, dass es eigentlich schon jemanden gab, konnte und wollte ich ihm nicht sagen. Warum auch? Ich war ihm schließlich nichts schuldig. Die Flammen schlugen, aufgepeitscht durch einen plötzlichen Windstoß, nach meinen Fingern, doch ich genoss das Brennen. Es half mir, mich auf das Wesentliche zu konzentrieren, anstatt ständig über Mikas Hand auf meiner nachzugrübeln. »Ich denke viel darüber nach«, antwortete ich ausweichend.

»Sehr diplomatisch.« Okay, er durchschaute mich. »Warum hast du die Farm gekauft, also ich meine, was war der wahre Grund?« Mikas Augen waren starr auf die Flammen gerichtet.

Wie ehrlich sollte ich sein? Konnte ich Mika vertrauen? Sein oberstes Ziel war es, die Farm zu erhalten, also warum sollte er es nicht gegen mich verwenden, wenn ich mich ihm anvertraute? »Warum willst du die Farm denn unbedingt retten? Nur für die Gemeinschaft? Zu der man allerdings nur gehört, solange man nicht von der Norm abweicht? Was würden die Menschen im Dorf noch für dich tun, wenn du auf einmal anders wärst als sie?«

Mit meiner Gegenfrage schien Mika nicht gerechnet zu haben. Er sog scharf die Luft ein und wandte sich von mir ab. »Wir sollten gehen.«

8. DEZEMBER

Der Dezember zeichnete sich durch eine gewisse Geschäftigkeit im Dorf aus, denn Maria hatte vor ihrem Tod noch viel organisiert und alle kannten ihre Aufgaben. Normalerweise hielt ich mich aus allem raus, doch nun war ich auf dem Weg zur Farm, um sie für den heutigen Wohltätigkeitsabend mit Spendenmarathon zu öffnen, der von meiner Mutter geleitet wurde.

Es würde das letzte Mal sein und ich wollte nicht, dass die Menschen im Ort auch noch einen Hass auf meine Mutter entwickelten. Auf mich dagegen sollten sie ruhig sauer sein. Das beruhte auf Gegenseitigkeit. Auch wenn es unfair war, dass sich meine Wut gegen alle richtete, konnte ich es nicht verhindern.

Mika und ich hatten seit unserem Gespräch im Innenhof der Pflegeinrichtung nicht mehr miteinander gesprochen. Ob wirklich die Unterhaltung der Grund war oder ob er mit seinem Vater beschäftigt war – oder ob er gar meine Briefe gelesen hatte und mich nun abstoßend fand –, konnte ich nicht sagen. Positiv war immerhin: Ohne Mika schaffte ich es, mein schlechtes Gewissen abzusch… okay, abzuschütteln wäre zu viel gesagt, aber immerhin zu verdrängen. Ich konnte mich wieder auf mein Ziel konzentrieren: die Farm verkaufen und in mein altes Leben zurückkehren. In meine sichere Blase, die ich mir aufgebaut hatte.

Ich bog in die Straße zur Farm ein, parkte mein Auto auf dem Parkplatz vor der Holzbrücke, sperrte das Tor auf und ging über die Brücke zu Marias Hütte. Nach und nach trudelten auch die Leute aus dem Dorf ein. Sie stellten eine lange Holztafel auf, auf der sie Gewinne für die Tombola, Plätzchenteller, große Thermoskannen mit Kinderpunsch und eine Spendenkasse verteilten. Den Ofen in der Hütte nutzten sie, um frischen Glühwein zu kochen. Jeder Handgriff saß, als wüssten alle ganz genau, was sie zu tun hatten. Ich stellte mir vor, wie Maria im Vorfeld Arbeitsanweisungen auf kleinen Zetteln verteilt hatte, und musste schmunzeln.

Viele der Menschen, die sich bei der Arbeit angeregt miteinander unterhielten und den neuesten Klatsch und Tratsch austauschten, kannte ich noch von früher. Alle waren freundlich zu mir. Zwar etwas distanziert – was nur fair war, wenn ich bedachte, dass sie alle ahnten, dass ich die Farm verkaufen würde –, aber sie bezogen mich in ihre Überlegungen mit ein. Einige warfen mir zwar immer mal wieder irritierte Blicke zu, doch der Großteil der Dorfbewohner und -bewohnerinnen war sehr umgänglich.

Die Wohltätigkeitsveranstaltung kam langsam in Schwung. Kinder rannten aufgeregt zwischen den Bäumen herum. Ich hatte es mir am Weg, der hinauf zu Marias Waldstück führte, gemütlich gemacht und beobachtete das Treiben aus der Ferne. Das Lachen der Kinder vermischte sich mit Gesprächsfetzen der Erwachsenen zu einem fröhlichen

Rauschen. Doch obwohl die Stimmung um mich herum gut war, spürte ich in mir eine tiefe Traurigkeit, die ich nicht abschütteln konnte. Mein Blick wanderte durch die Menge, bis ich ihn sah – Mika. Er stand alleine etwas abseits, die Hände tief in den Taschen vergraben, so als wäre auch er nur ein stiller Beobachter des Abends.

Ich konnte den Blick nicht von ihm lösen, selbst als ich versuchte, meine Aufmerksamkeit auf die Spendenkasse zu richten, die von den Besuchern immer wieder befüllt wurde. Mika war zwar nur wenige Meter von mir entfernt, doch es fühlte sich so an, als klaffte ein Abgrund zwischen uns.

Der Kloß in meinem Hals wurde größer, als ich auf die Spendenbox zusteuerte. Wenn ich etwas dazugab, konnte ich vielleicht wenigstens mein schlechtes Gewissen beruhigen.

Doch als ich gerade meine Geldbörse hervorholen wollte, stellte sich mir plötzlich jemand in den Weg. Es war Manfred, ein älterer Mann aus dem Dorf, der mich mit hartem Blick musterte. »Warum spendest du überhaupt?« Seine Stimme schnitt durch die Luft, die Worte schärfer als der kalte Dezemberwind. »Du willst die Farm doch eh verkaufen. Das ist doch heuchlerisch!«

Die Besucher um mich herum tuschelten, dann kehrte plötzlich Stille ein und alle Blicke waren auf mich gerichtet. Nicht einmal das Säuseln des Windes in den Tannenästen war mehr zu hören, als würde die Farm selbst den Atem anhalten. Es war nicht das erste Mal, dass ich mit Manfred aneinandergeriet. In der Schule war er mein Sportlehrer gewesen. Ich erinnerte mich noch, als wäre es gestern gewesen, an seinen Vorschlag, mich doch lieber in der Mädchenumkleide umzuziehen.

Ich öffnete den Mund, um mich zu verteidigen, aber meine Gedanken waren wie eingefroren. Ich fühlte mich plötzlich in die Vergangenheit zurückversetzt. Alle waren gegen mich. Nur dass ich dieses Mal wirklich etwas auf dem Kerbholz hatte. Bevor ich auch nur ein Wort sagen konnte, spürte ich plötzlich eine vertraute Präsenz neben mir. Mika. Seine Stimme war ruhig, aber entschlossen, als er fragte: »Was geht hier vor sich?«

»Der da«, Manfred deutete abfällig auf mich, »will spenden, obwohl er doch eh alles zerstören wird. So wie solche Leute unsere Werte immer mit Füßen treten.«

Er musterte mich abschätzig und ich spürte, wie meine Wangen vor Wut und Scham glühten.

»Das ist nicht fair! Noel hat genauso das Recht zu spenden wie alle anderen hier. Würde er es nicht tun, würdet ihr euch doch genauso darüber aufregen. Spendet er, passt es euch auch nicht.« Mikas Worte durchbrachen die Stille, die sich in meinem Kopf ausgebreitet hatte, und als unsere Blicke sich trafen, schien die Distanz zwischen uns für einen Moment zu verschwinden. »Und vielleicht sollten einige sich auch an ihre eigene Nase fassen.« Jetzt nahm er wieder Manfred ins Visier. Ob er sich daran erinnerte, was dieser damals in der Schule zu mir gesagt hatte? »Denn unsere Taten ziehen …«

Ich berührte Mikas Arm, um seine Tirade zu stoppen. »Schon gut, ich will euch nicht den Abend ruinieren. Die Veranstaltung soll für einen guten Zweck sein. Ich werde einfach wieder gehen.«

»Ja, besser ist das wohl!« Angriffslustig stellte Manfred seinen Becher mit Glühwein ab und stemmte beide Hände in die Hüften, während er Mika mit kaltem Blick fixierte. »Und du brauchst dich gar nicht einmischen! Kümmere du dich lieber um deinen Vater.« Manfred sah sich in der Menge um und suchte wohl nach Bestätigung, die ihm aber niemand gab. Hilflos fuchtelte er kurz mit den Händen in der Luft herum und ließ dann die Arme sinken. »Ihr seid so feige!«

»Manfred es reicht!« Sigrid, seine Frau, kam auf uns zu und zog ihn mit sich.

Die Menge um mich herum schwieg betreten, bis die Gespräche nach ein paar Sekunden weitergeführt wurden und alle so taten, als wäre nichts passiert. Irgendwo klingelte ein Handy mit der Melodie von *Last Christmas*. Mika stand noch immer neben mir und machte keine Anstalten, zu gehen. Nach einiger Zeit, die sich wie Jahre anfühlte, blickte ich zu ihm hoch. Manfreds Bemerkung musste ihn sehr getroffen haben. Trotz seiner Bemühungen machte sich Mika sicher Vorwürfe wegen der Entscheidung, seinen Vater im Pflegeheim anzumelden.

»Willst du gehen?«, fragte ich.

Mika zog seine Mütze tiefer in den Nacken. »Nein. Nein, warum sollen wir gehen?« Er schüttelte entschlossen den Kopf. »Nein. Wir bleiben. Soll Manfred sich doch schlecht fühlen. Er hat genügend Leuten ihre Schulzeit versaut.«

Das stimmte, ich konnte mich noch gut an sein Gelächter erinnern, wenn jemand beim Bockspringen scheiterte oder es nicht schaffte, die Seile hochzuklettern.

»Wenn das so ist …« Ich packte Mikas Unterarm, spürte die dicke Jacke an meinen Fingern, und zog ihn mit mir zum Spendenstand. »Dann helfen wir hier ein wenig mit. Braucht ihr noch Hilfe?« Ich setzte mich neben die Kasse und nahm mir einen Becher Glühwein.

»Wir brauchen immer helfende Hände.« Margit, die Frau des Buchhändlers, lächelte mir zu. Ihre blonden Locken fielen über ihr Stirnband, als sie mir eine Liste zuschob. Kurz wirkte sie, als wollte sie zu der Situation mit Manfred noch etwas sagen, doch die Anmerkung kam ihr nicht über die Lippen. Stattdessen widmete sie sich wieder den Spendeneinnahmen.

Mika ließ sich neben mir nieder und winkte die nächsten Leute in der Schlange zu sich. Die Menschen kamen in einem stetigen Strom, teils mit schüchternem Lächeln, teils mit skeptischen Blicken. Einige von ihnen schienen sich nicht ganz sicher zu sein, wie sie mich ansprechen sollten, während sich andere ohne Scheu mit mir unterhielten. Ein älterer Herr, dessen faltiges Gesicht streng wirkte, warf mir nur einen kurzen, grimmigen Blick zu, während er seine Spende abgab. Ich spürte einen leichten Stich in meiner Brust, aber versuchte, ihn wegzulächeln. Andere wiederum kannten mich von früher, mit einigen war ich sogar zur Schule gegangen.

»Du warst immer so nett«, meinte eine Frau, die sich vage an mich zu erinnern schien. Ihr Lächeln war warm, als sie ihre Erinnerungen durchforstete. Ich nickte nur, unsicher, was ich darauf antworten sollte. Dann kamen ein paar ehemalige Klassenkameraden und -kameradinnen, die mir einen flüchtigen Blick zuwarfen. Sie wirkten nervös, als ob sie etwas sagen wollten, sich dann aber doch umentschieden. Vielleicht waren es Schuldgefühle, vielleicht Scham, aber immerhin ließen auch sie ihre Münzen in die Kasse fallen.

Margit arbeitete pausenlos am Spendenstand. Sie war eine unaufhörliche Quelle des Optimismus, die jedem, der es hören wollte – und auch denen, die es nicht wollten – erzählte, wie die Tradition dieser Wohltätigkeitsveranstaltung vor Jahren begonnen hatte. Es war die Idee von Marias Mutter gewesen. Von wem auch sonst? Alles in diesem Dorf hatte anscheinend immer etwas mit Maria zu tun.

Die weihnachtliche Atmosphäre auf der Farm breitete sich langsam in mir aus und wärmte mich von innen heraus. Vielleicht war es Mikas Nähe oder das leise Gefühl, dass, egal was passiert war, ich irgendwie doch noch dazugehörte. Ach Quatsch, was dachte ich denn da? Ich würde hier niemals akzeptiert werden. Wollte ich doch auch gar nicht … oder? Nein, sicher nicht.

In der Menschenmenge erkannte ich meine Mutter. Sie winkte mir mit leuchtenden Augen zu. Sie hatte immer mit mir gelitten und sich so sehr gewünscht, die Leute wären mir gegenüber offener.

»Ich glaube, meine Mutter würde uns gerne ablösen. Zeit für eine Pause?«, flüsterte ich Mika ins Ohr.

9. DEZEMBER

Wir spazierten durch den Waldabschnitt, der nun mir gehörte. Eisiger Nebel zog sich zwischen den Bäumen hindurch wie ein mystisches Wesen. Es war still, nur das Knirschen von Mikas Schritten auf der gefrorenen Erde drang an meine Ohren. Es fühlte sich merkwürdig vertraut an, wie damals, als wir noch Kinder gewesen waren und zwischen den Bäumen Fangen gespielt hatten – doch die Zeit hatte ihre Spuren hinterlassen und wir waren längst nicht mehr dieselben.

»Danke, dass du mich vorhin verteidigt hast.« Ich hob einen Ast an, um darunter hindurch zu schlüpfen, und spürte den Frost, der sich darauf gebildet hatte.

»Schon gut. Der Typ ist schon immer ein Arsch gewesen.«

Schweigend gingen wir ein Stück weiter den Pfad entlang, bis ich schließlich über meinen Schatten sprang und gestand: »Deshalb möchte ich die Farm verkaufen. Wegen dieser Leute, die mir meine Jugend hier im Dorf versaut haben.« Es fiel mir schwer, die Worte auszusprechen. Doch ich fühlte, wie die Last, die ich seit Tagen mit mir trug, etwas leichter wurde. »Aber das hast du dir ja schon gedacht. Um ehrlich zu sein, ist da einfach etwas in mir, das …«

»Schon gut, du musst es mir nicht erklären. Ich merke, wie schwer es dir fällt und wenn du es mir nicht anvertrauen willst, musst du auch nicht.« Während Mika sprach, wirkte er, als müsse er sich selbst davon überzeugen, nicht doch seine Neugierde gewinnen zu lassen.

»Du hast mir gegenüber keine Verpflichtung, aber ich wüsste gerne, warum du so sehr an der Vergangenheit hängst. Warum meinst du, alleine gegen alle anderen kämpfen zu müssen?«

Er blieb stehen, drehte sich zu mir um und musterte mich einen Moment lang. Die Kälte, die ich bei der Diskussion mit Manfred in seinen Augen gesehen hatte, war etwas anderem gewichen. Etwas, das ich nicht ganz greifen konnte. »Ich glaube, es gibt einiges, was ich dir erzählen müsste, damit du meine Beweggründe verstehen kannst, aber dafür müsste ich es … na ja, erzählen, also laut aussprechen.«

Er schien mir meine Verwirrung anzusehen. »Aussprechen?«

Mika öffnete den Mund, als wollte er noch mehr sagen, vielleicht über die Farm oder die Briefe, die ich ihm geschickt hatte, doch er wurde von einem Rufen hinter uns unterbrochen.

»Noel! Mika!« Es war Margit, die uns durch die Bäume hindurch zuwinkte. »Kommt zurück! Die Spenden sind gezählt!«

Ich atmete tief durch und spürte, wie die drückende Schwere von mir abfiel, während wir uns auf den Rückweg machten. So viele Worte hingen unausgesprochen zwischen uns, aber zumindest hatten wir uns einen winzigen Schritt aufeinander zubewegt. Ein Anfang.

Am nächsten Tag wollte ich nach der Aufräum-Aktion gerade die Hütte absperren, als ich unter der kleinen Couch mit der gestrickten Flickendecke ein paar Kartons entdeckte.

»Toll, ich habe gedacht, ich habe alles weggeschmissen. Jetzt kann ich …«, ich schob sie hervor, »… die auch noch zertrampeln und zerschneiden, um sie …«, die Staubschicht darauf ließ mich innehalten, »… wegzuschmeißen.«

Entgegen meiner Annahme waren es keine übriggebliebenen Kartons von Bechern, Papptellern oder Ähnlichem, sondern anscheinend private Gegenstände von Maria. Auf dem Karton stand:

Für den neuen Besitzer.

Ich seufzte schwer. Mir rutschte das Herz in die Hose, in die Unterhose, um genau zu sein. Mir zittrigen Fingern öffnete ich einen der Kartons und fand Bücher vor. Bücher mit Schlössern, die aber nicht verschlossen waren. Außerdem Fotoalben, aus denen zerknittertes Transparentpapier hervorstand. Ich hob ein Album und ein Buch heraus. Die Staubschicht kitzelte meine Finger, als ich vorsichtig die ersten Seiten des alten Fotoalbums aufschlug. Bilder aus einer längst vergangenen Zeit befanden sich darin – blass, aber lebendig genug, um die Geschichten dahinter zu erahnen. Die Weihnachtsbaumfarm, wie sie damals ausgesehen hatte: unberührter Schnee, der sich wie ein glitzernder Vorhang über die Tannen gelegt hatte, und Menschen, die die Bäume pflegten. Die Fotos zeigten sie lachend, schwer arbeitend, gemeinschaftlich. Auf den ältesten Bildern waren Männer und Frauen in altmodischer Kleidung zu sehen, die Seite an Seite Bäume pflanzten – diese waren der Grundstein der Farm, die seit Generationen bestand. Die ich … zerstören wollte? Mit Füßen trat? Fuck.

Ich blätterte durch das nächste Album. Ein Bild von Maria als junges Mädchen, ihre Hände tief in der Erde, neben ihr ihre Mutter, die stolz auf die jungen Tannen zeigte. Meine Kehle schnürte sich zu. Auf jeder Seite spürte ich die Magie von Maria und ihrer Familie, als wollten sie ihren Zauber an mich weitergeben. Doch ich, ich verschloss mich davor.

»Die Weihnachtsbäume retten uns immer«, stand mit Marias geschwungener Handschrift unter einem der Fotos. Die Worte wirkten fast wie ein beruhigendes Mantra, als wären sie direkt an mich gerichtet.

Ich las weiter. »Sobald die Weihnachtsbäume geschmückt waren, ging es uns gut – und auch dem ganzen Dorf. Auch wenn es nur für kurze Zeit war und wenn es manchmal nur die Symptome eines Problems linderte, bis wir uns als Gemeinschaft um die Ursache kümmern konnten. Aber es ging uns gut.«

Der Tag war schon fast vorbei, die Sonne verschwand langsam hinter den Bergen und mich hielt Marias Familiengeschichte immer noch auf Trab.

Dies und mein schlechtes Gewissen, denn mit jedem ihrer Tagebücher, in dem ich las, schwoll ebenjenes weiter an. Obwohl ... Ging das überhaupt noch? Oder hatte es seine maximale Größe vielleicht schon erreicht? Die Farm war nicht einfach nur ein Stück Land. Sie war Leben, Geschichte, Widerstand. Ein Ort, den ich einfach verkaufen wollte, um danach zurück in meine sichere Blase zu flüchten. Doch gab es die überhaupt? Und wollte ich wirklich dorthin zurückkehren? Oder war es eher eine Blase aus Verdrängung, Flucht und Vermeidung?

Ich schloss die Augen, atmete tief ein und lehnte mich zurück. Der Geruch von altem Papier und vergilbten Fotos mischte sich mit der kalten Luft der Hütte. Mein Herz hämmerte in meiner Brust. Diese Farm war mehr als nur ein Ort, an dem Bäume wuchsen. »Ich sollte nicht weiterlesen.«

Ich legte das Album dennoch vorsichtig beiseite und griff nach einem der Bücher. Es war ein Tagebuch, alt und abgenutzt, geschrieben von Marias Mutter. Mit dem Zeigefinger strich ich langsam über den samtenen Einband. Für mein Gewissen wäre es besser, es nicht zu öffnen. Doch die Geschichte dahinter fing mich wie mit einem unsichtbaren Lasso ein und zwang mich förmlich, sie zu lesen. Also öffnete ich das Buch und blickte auf die leicht gelblichen Seiten. Ihre Worte, festgehalten vor Jahrzehnten, führten mich in eine Zeit, die lange vergangen war. Wider besseren Wissens begann ich zu lesen ... Wann hatte ich jemals besonnen gehandelt?

»Es steht schlecht um die Farm«, las ich leise vor. »Der viele Hagel hat das Wachstum der Bäume gestört, genauso wie die Überschwemmungen. Ich weiß nicht, wie wir es diesmal schaffen sollen, doch irgendwie hat es bisher immer funktioniert. Immer ein neuer Tag, immer eine neue Hoffnung. Wir werden nicht aufgeben. Nicht jetzt. Nicht jetzt, da wir etwas erhalten müssen, das wir unserer Maria übergeben können.«

Die Seiten waren gefüllt mit Berichten von harten Zeiten und auch der Hoffnung auf gute Tage. Ich konnte spüren, dass die Geschichten in mir Spuren hinterließen, als ich das Tagebuch schloss und zum nächsten griff. Seite um Seite blätterte ich weiter, die Zeit verstrich. Irgendwann musste ich eine Lampe anschalten, um die Geschichten im schwachen Lichtschein förmlich aufzusaugen.

»Wieder haben wir es geschafft. Die Käufer kommen zurück, die Bäume haben überlebt. Die Farm bleibt bestehen und mit ihr unsere Familie.« Ich spürte, wie die Berichte mich in ihren Bann zogen, und atmete mehrfach erleichtert auf, obwohl ich wusste, dass alles gut ausgegangen war. Bis jetzt. Bis ich gekommen war.

Die Worte aus dem Tagebuch hallten in meinem Kopf wider. Dieses Mal gab es keine Katastrophe und dementsprechend auch keine Rettung. Marias Familie hatten nie aufgegeben, immer weitergemacht, auch wenn es einfacher gewesen wäre, alles hinter sich zu lassen. Doch so einfach hatten sie es sich nicht gemacht … im Gegensatz zu mir. Oder?

Ich nahm das letzte Buch zur Hand, welches am neusten aussah. Ich öffnete es. Es stand noch nicht viel darin, als hätte Maria es erst kurz vor ihrem Tod begonnen. Die Seiten waren kaum beschrieben, doch die wenigen Worte trafen mich mit einer Wucht, die ich nicht erwartet hatte.

»Für den neuen Besitzer«, begann die erste Seite, geschrieben in Marias gut lesbarer, wenn auch etwas zittriger Handschrift. »Ich hoffe, dass du hier genauso viel Freude und Erfüllung finden wirst, wie ich sie all die Jahre hatte. Es wird nicht immer einfach sein – die Arbeit ist hart und die Menschen im Dorf sind es manchmal auch. Sie mögen keine Veränderungen, halten an Altem fest, selbst wenn es überholt ist. Aber wenn du ihnen eine Chance gibst, sich auf das Neue einzulassen, wirst du sehen, dass es sich lohnt.«

Ich blätterte um. Beim Lesen ihrer Worte, konnte ich Marias Stimme in meinem Kopf hören. »Es ist nicht fair, sich immer wieder zurückzunehmen, um anderen zu gefallen«, fuhr sie fort. »Aber wenn du bereit bist, Kompromisse einzugehen, bekommst du so viel zurück: Vertrauen, Freundschaft, vielleicht sogar Liebe. Die Farm gibt dir nicht nur eine Aufgabe, sie gibt dir auch ein Zuhause. Und am Ende, das verspreche ich dir, wirst du erkennen, dass du hier nicht nur Bäume, sondern Erinnerungen pflegst.«

Ich legte das Tagebuch zurück auf den Tisch. Meine Finger zitterten leicht, als ich den Buchdeckel schloss. Marias Worte hallten in mir nach, jede Zeile wie ein kleines Echo, das meinen eigenen inneren Kampf widerspiegelte. Ich fühlte mich leer. Leer, weil ich plötzlich wusste, dass diese Farm mehr bedeutete, als ich mir zunächst hatte eingestehen wollen.

Während ich die Kartons verstaute und die Tür zur Hütte abschloss, dachte ich über Marias Worte nach. Doch zum Glück holte mich ein Vibrieren wieder ins Hier und Jetzt zurück. Ich fischte mein Handy aus meiner Tasche und hob ab.

»Ja? Was gibt's?«

»Hey, Mika hier. Hab die Nummer von deiner Mutter. Es gibt etwas, das ich dir gerne zeigen möchte.«

Bitte lass es nicht meine Briefe sein!

10. DEZEMBER

Das ist echt eine tolle Sache!« Mehr konnte ich dazu gar nicht sagen.

Auf dem Parkplatz der örtlichen Bank standen Weihnachtsbäume von der Farm, die Hagelschäden hatten, zu klein geblieben oder schief gewachsen waren. Sie wurden vergünstigt für Familien angeboten, die wenig Geld besaßen. Eine Win-win-Situation: Die Bäume konnten verkauft werden und brachten den Familien Weihnachtsstimmung in die Wohnzimmer.

»Können wir helfen?«, fragte Mika einen Mann, den ich nicht kannte und der den Weihnachtsbaumverkauf mit seiner kleinen Tochter besuchte. »Haben Sie eine bestimmte Raumhöhe oder -breite zur Verfügung?«

Der Mann schüttelte den Kopf. »Ich schaue erstmal nur, wir sind gerade hergezogen, das ganze Geld ging für den Umzug und die neuen Möbel drauf, also mal sehen, ob hier überhaupt etwas für uns dabei ist.« Er nickte Mika kurz zu und zog dann seine Mütze tiefer in Richtung Nase, bis alle seine roten Haare darunter verborgen waren. Ich hatte den Eindruck, als wollte er sich am liebsten vor Scham darin verkriechen.

»Was ist mit dem großen Baum da drüben?«, fragte sein Kind und deutete auf eine hoch gewachsene, wenn auch leicht schiefe Tanne.

»Müssen wir schauen. Was ist mit denen, die sind auch niedlich und lassen mehr Platz für die Katze, oder?« Der Vater zog seine Tochter sanft von den teureren Bäumen weg.

»Aber ich will …«

»Komm schon, Emma.«

»Ich habe eine Idee: Sucht euch doch gerne einen großen Baum aus, die sind alle verbilligt, und was euer Budget übersteigt, geht aufs Haus, ja?«, schlug ich vor, während ich abwechselnd vom Vater zur Tochter blickte.

Der Vater hielt kurz inne, als hätte er nicht damit gerechnet, ein solches Angebot zu bekommen. »Sind Sie sicher?«, fragte er zögernd, während seine Tochter Emma schon mit leuchtenden Augen zu dem großen Baum sprintete, der ihr gleich ins Auge gefallen war.

»Ja, ganz sicher«, antwortete ich und bemühte mich um ein Lächeln. »Es ist bald Weihnachten, da soll doch jeder einen schönen Baum haben.« Fuck, ich klang schon wie eines von Marias Büchern. »Sagt beim Gehen einfach, dass Noel den Rest übernimmt.«

Der Mann nickte dankbar, doch es wirkte etwas schwerfällig, als würde er noch immer zögern, das Angebot anzunehmen. Er schien einen Augenblick mit sich zu ringen, doch schließlich hob er seine Mütze ein Stück an und sah mir direkt in die Augen. »Danke«, sagte er leise, fast schüchtern, »das bedeutet uns wirklich viel.«

Während Emma aufgeregt um den Baum herumsprang und versuchte, ihn von allen Seiten zu begutachten, ließ ihr

Vater seinen Blick ruhig den Stamm entlang bis nach oben zur Spitze wandern. »Na gut, Emma. Dieser Baum ist es dann wohl.«

Ich sah zu Mika hinüber, der mich angrinste, aber nichts sagte. Das Dunkelblau seiner Augen strahlte heute viel wärmer und der Dreitagebart stand ihm wie immer perfekt. Er ließ seinen Blick über die anderen Bäume schweifen, die sich auf dem Parkplatz der Bank wie ein kleiner, künstlicher Wald aneinanderreihten. Dahinter ragten die Gipfel der Berge empor. Ein eisiger Wind zog über den kleinen Platz und ließ mich den Kragen meines Mantels höher ziehen.

»Kalt, oder?«, murmelte ich und atmete tief aus, wobei mein Atem kleine Wölkchen in der Luft bildete. »Trotz der Sonne.«

»Der Wind macht es kalt«, stimmte Mika noch immer leicht lächelnd zu.

Wir schritten durch die Reihen von Tannen, vorbei an der Bank, die direkt an der Hauptstraße lag. Die kahlen Äste der umliegenden Bäume hoben sich dunkel vom grauen Himmel ab. Es gab nur noch wenige Passanten, die sich hierher verirrten, meist Familien, die einen günstigen Weihnachtsbaum suchten – vielleicht, weil sie keine andere Wahl hatten, als auf die unperfekten Optionen zurückzugreifen. Trotzdem war die Festtagsstimmung spürbar, ein Zauber in der Luft.

»Was machst du eigentlich beruflich?«, fragte Mika plötzlich und brachte mich damit aus meinen grüblerischen Gedanken.

»Ich habe als Franchisenehmer ein Sportstudio aufgemacht, das überraschend gut läuft. Glück im Unglück quasi, da drei andere Gyms in der Umgebung zugemacht haben«, begann ich zu erzählen, während wir es uns unter einem Heizstrahler bequem machten. »Daraufhin habe ich noch ein paar weitere gegründet und wieder Glück mit ein paar viralen Videos auf TikTok gehabt, wegen derer wir viele Neukunden anwerben konnten. Ehe ich mich's versah, lief das alles echt gut, aber es ist auch viel Arbeit und Verantwortung. Pamela, eine Freundin von mir, übernimmt gerade die Geschäfte und es kommt mir fast so vor, als sei sie besser in dem Job als ich. Na ja, nicht nur das, ihr scheint es sogar viel mehr Spaß zu machen als mir. Um ehrlich zu sein, weiß ich gar nicht, ob das alles überhaupt meine Welt ist, aber es bringt viel Geld, also wäre es wohl ziemlich unklug, das alles aufzugeben, oder?«

Mika öffnete mehrfach den Mund und schloss ihn gleich darauf wieder. Gerade als ich ihn fragen wollte, was er dachte, platzte es aus ihm heraus.

»Wäre es das wirklich? Ist es denn jemals unklug, auf sein Herz zu hören?«

»W-Was meinst du? Das mache ich doch. Irgendwie … Oder?«

»Es klingt fast so, als arbeitest dich mit negativem Stress krank, ohne es zu merken, für einen Job, der Geld, aber keine Erfüllung bringt, ohne herauszufinden, was du wirklich im Leben willst, bis du mit fünfundvierzig in der Midlifecrisis steckst und durchdrehst. Ich weiß nicht, ob das dein Lebenstraum ist, aber es ist wirklich beeindruckend, was du dir da aufgebaut hast. Du kannst echt stolz auf dich sein!« Mika breitete seine Arme aus. »Aber so eine tolle Kulisse wie hier hast du zuhause bestimmt nicht, oder?«

Ich musste lachen. Ich hätte auch sauer sein können, weil er mir nicht sagte, was ich hören wollte: Wie toll mein Leben war und dass ich mir meine Karriere bewahren sollte. Aber wenn ich ganz ehrlich war, musste ich ihm Recht geben … nur verdrängte ich meine kritischen Gedanken meistens. Oh, oh, oh, erkannte ich da etwa ein Muster in meinen Problemen? Egal, das sollte ich bis später verdrängen … äh auf Später verschieben.

»Nein, das nicht, da hast du recht.«

Mika schob die Hände in die Taschen seines Mantels und wirkte einen Moment lang unsicher. »Tut mir leid, wenn das zu direkt war. Manchmal vergesse ich, dass nicht jeder ein ehrliches Feedback möchte.«

Ich zuckte mit den Schultern und lächelte leicht. »Schon gut. Du hast ja recht. Manchmal frage ich mich auch, was ich eigentlich will. Aber mal ehrlich – lebst du denn das Leben, das du hier predigst? Also so richtig?« Meine Stimme klang gelassener, als ich mich fühlte. Null Ahnung, wie er es wohl fand, so den Spiegel vorgehalten zu bekommen, aber wenn er so direkt war, durfte ich das doch auch sein.

Mika stockte, als wollte er etwas sagen, doch die Worte blieben ihm im Hals stecken. Er schien nach einer Antwort zu suchen, die ihm aber nicht über die Lippen kommen wollte. Auf einmal weiteten sich seine Augen langsam, als er etwas hinter mir fokussierte, und als sein Blick wieder auf mich fiel, meinte ich, so etwas wie Mitleid darin zu erkennen. Was zum … »Na, wen haben wir denn da?« Die Stimme war unverkennbar, und sofort zog sich mein Magen zusammen. Sie klang älter, aber meine Instinkte schlugen sofort Alarm und warfen mich zurück in meine Teenager-Zeit. Zack! Es war wieder 2016. Ich fühlte mich schwach und wie ein Reh, das starr in die Scheinwerfer des heranrasenden Autos blickt.

Drei Kerle, die mir die Schulzeit zur Hölle gemacht hatten, schlenderten heran. Früher war es ihre Lieblingsbeschäftigung gewesen, mich fertigzumachen. Sie hatten mir all die beleidigenden Spitznamen verpasst, die ich längst hinter mir gelassen zu haben glaubte. Doch mit einem Mal fühlte es sich an, als wäre keinerlei Zeit vergangen. Plötzlich spürte ich wieder, wie ihr gehässiges Lachen meinen Magen verkrampfen ließ. Wie ich Schweißausbrüche bekam. Wie mein Herz so laut schlug, dass ich glaubte, man könnte es durch meinen Brustkorb hindurch hören. Sie waren der Grund dafür, warum es mir bis heute die Kehle zusammenschnürte, an Jugendlichen am Bahnhof vorbeizugehen. Warum ich jederzeit befürchtete, wieder eine Beleidigung zu kassieren.

So gefasst wie möglich drehte ich mich um und spannte meinen Körper an, mahnte ihn, zu funktionieren.

»Traust dich doch wieder in die alte Heimat, hm?« Einer von ihnen, Michael, mit dem hellsten Blond, das ich je gesehen hatte, lachte und die anderen stimmten ein.

»Und wieder machst du es uns schwer.« Sprach Hannes von der Farm oder von meiner Präsenz hier im Dorf? Er grinste und die Narbe an seinem linken Mundwinkle wirkte wie eine Joker-ähnliche Verlängerung seines Lächelns.

Mika stand da, erstarrt. Kein Wort, keine Reaktion, obwohl ich seinen Blick auf mir spürte. Er mischte sich nicht ein, während sie mich weiter triezten.

»Weißt du schon, was du mit der Farm machst? Alles, nur bitte keinen Club für Leute wie dich.« Thomas stieß Michael mit dem Ellenbogen an. Wieder Gelächter.

Es war naiv von mir gewesen, zu denken, dass Menschen als Erwachsene nicht mehr so grausam wären wie als Teenager. Viele blieben es, nur wurden sie erfinderischer darin, andere zu quälen. Und sie taten es mehr hinter dem Rücken, ihre Aussagen waren falscher und die Beleidigungen verdeckter.

Ich biss die Zähne zusammen. Meine Kehle war trocken, mein Herz schlug schneller. Mühevoll presste ich die Worte heraus: »Ihr habt euch kein bisschen verändert.«

Sie hörten kurz auf zu lachen, nur um dann noch lauter loszuprusten.

»Oho, jetzt hat er es uns aber gegeben.«

Es war zu viel. Zu viel Scham, zu viel Peinlichkeit, die in meinem Magen, meiner Lunge, meinem Herzen wie heiße Lava brannte, und das alles unter den starren Blicken von Mika, der noch immer kein Wort sagte. Ich konnte es nicht länger ertragen. Ich machte auf dem Absatz kehrt und entfernte mich mit schnellen Schritten.

Als ich weit genug weg war, um die aufkommende Panik niederzukämpfen, wagte ich einen kurzen Blick zurück. Mika stand immer noch bei ihnen, regungslos, während die jungen Männer ihm auf die Schulter klopften, als wäre er einer von ihnen.

11. DEZEMBER

Ich half meiner Mutter, unseren eigenen Weihnachtsbaum in den Wintergarten zu tragen. Gemeinsam schnitten wir das Netz ab, in der Hoffnung, nicht von den auseinanderspringenden Ästen weggeschleudert zu werden (der Baum war echt riesig). Anschließend betrachteten wir ihn stolz und sogen den Geruch der Tanne ein. Meine Mutter liebte es, den Weihnachtsbaum schon kurz vor Weihnachten aufzustellen, damit sich das Tannenaroma im ganzen Haus ausbreiten konnte. Doch geschmückt wurde er immer erst am Vormittag des Vierundzwanzigsten. Das war Tradition, Familientradition. Und die war meiner Mutter wichtig, weshalb ich auch sehr gut einschätzen konnte, wie sie es fand, dass ich eines der wichtigsten Traditionsunternehmen des Dorfes nicht fortführen wollte, nämlich Marias Tannenbaumfarm. Auch mir fiel es mittlerweile nicht mehr so leicht, aber … aber was?

Meiner Mutter gegenüber ließ ich mir nicht anmerken, wie es wirklich in mir aussah, wie die Scham auf mir lastete, wie eine erdrückende Kerzenwachsschicht, unter der ich langsam zu ersticken drohte. Im Verdrängen war ich eben schon immer gut gewesen. Es ging mir nicht darum, meine Mutter nicht mit meinen negativen Gefühlen zu belasten, denn oft genug hatte sie schließlich herausgefunden, wie mich die Menschen im Dorf behandelt hatten. Nein, es war aus rein egoistischen Gründen: Ich wollte mir hier zu Hause meine heile Welt bewahren, in der alles schön, gut, toll und gemütlich war. In der nicht der Schatten meiner Erlebnisse auf mir lastete wie ein Monster, das mit immer mehr Negativität gefüttert werden wollte. Ohne dass meine Mutter mich schon an der Tür erwartete und mit sorgenvoller Miene wissen wollte, was heute wieder passiert war. Ob mich wieder Michael aus der Schule vom Getränkeautomaten weggestoßen und gesagt hatte, ich würde doch darauf stehen, wenn mich andere Männer grob behandelten. Ohne die bedrückte Stimmung, die tagelang anhielt. Dies alles wollte ich vor allem jetzt vermeiden, da wir uns so selten sahen und Weihnachten vor der Tür stand. Sobald ich durch die Haustür trat, wollte ich lachen, eine gute Zeit verbringen und schöne Erinnerungen schaffen.

Meine Mutter legte einen Arm um meine Schultern, was mir etwas Leichtigkeit zurückgab. »Das haben wir gut gemacht, oder?« Sie drückte mich an sich. Meine Schläfe berührte ihre Wange und sie küsste mich auf den Kopf. »Ob das unser letzter Christbaum von der Farm war?«

»Müssen wir das jetzt besprechen?«

»Tut mir leid, du hast recht. Egal, wie du dich entscheidest, ich stehe hinter dir. Und falls du sie verkaufst, werde ich dich trotzdem dabei unterstützen. Ich will nur, dass du es dir wirklich gut überlegst, ob es deinen Groll stillen wird.« Ich wusste, sie meinte es nur gut. Sie wollte nicht, dass ich meine Entscheidung irgendwann bereute.

Sobald ich aber an die drei Männer vom Parkplatz dachte, wollte ich ihnen Marias Erbe nicht gönnen. Denn vielleicht war Maria von dem Lebenswerk ihrer Familie selbst geblendet gewesen und es gab in diesem Dorf kaum jemanden, für den es sich lohnte, etwas derart Gutes aufrechtzuerhalten?

»Ach ja, Rosa hat angerufen.« Ich schüttelte den Arm meiner Mutter ab. »Sieh mich nicht so an. Sie hat gefragt, ob du bei der Weihnachtsschnitzeljagd mitmachst. Eine Station davon ist nämlich die Farm, das war eigentlich schon abgemacht.«

Als ich das letzte Mal mitmachen wollte, hatte niemand mit mir ein Team bilden wollen. »Ja, klar.« Sosehr mich der Zwischenfall an der Bank auch mitgenommen hatte, ich hatte mir fest vorgenommen, nicht mehr in alte Muster zu verfallen und mich zu verstecken. »Mach ich. Hilfst du mir?«

»Na sowas von!« Meine Mutter krempelte die Ärmel ihres Weihnachtspullovers hoch.

»Aber zuerst haben wir hier noch etwas zu erledigen.«

»Und das wäre?«

»Wir müssen unser Dreigängemenü für Weihnachten zusammenstellen, was sonst? Du bleibst über die Weihnachtsfeiertage hier, ja?« Sie ging ins Wohnzimmer und holte ihren uralten Laptop hervor, dessen Lüftung so laut blies, als würde er gleich abheben wollen. Oder die Erde zerstören. Oder beides.

»Ähm, okay.« Das war etwas unverfänglicher als ein Ja. »Hast du schon etwas im Sinn?« Ich setzte mich neben sie auf die Couch.

»Ich habe ein paar Ideen gesammelt.« Sie öffnete einen Ordner, der mit »Rezepte« betitelt war, und klickte auf *Alle Tabs gleichzeitig öffnen.*

Der Laptop öffnete gefühlt dreihunderttausend Internetseiten gleichzeitig, weshalb die Lüftung nun klang, als hätte sie es nicht mehr nur auf die Erde, sondern auf das gesamte Universum abgesehen.

»Wir hätten hier zum Beispiel für die Vorspeise eine Sellerie-Kartoffel-Pastinaken-Suppe mit Apfelchips und gerösteten Pinienkernen, als Hauptgericht einen gefüllten Butternut-Kürbis mit Gemüse, Nüssen und Kräutern und einer Cranberry-Sauce und als Dessert gebratene Mango mit Vanilleeis.« Meine Mutter setzte ihre roséfarbene Brille auf, die seit Jahren schon zu schwach für sie war, und tippte gegen den Bildschirm.

Ich drehte den brennend heißen Laptop zu mir und musste unweigerlich lachen. Genau diese Leichtigkeit wollte ich mir von niemandem da draußen ruinieren lassen.

Nach mehreren Tassen dampfend heißer Schokolade und dem Film *Liebe braucht keine Ferien*, zu dem meine Mutter mich überredet hatte, zog ich mich in mein Zimmer zurück. Ich hatte diese Abende mit ihr vermisst! Als wir nach dem Tod meines Vaters nur noch zu zweit gewesen waren, hatten wir viel gemeinsam unternommen. Es war schrecklich schade, dass dies im Laufe der Zeit verloren gegangen war. Wofür ich auch diesen Ort verantwortlich machte. Wären die Probleme, die ich hier gehabt hatte, nicht so groß gewesen, hätte ich mir in Hochnadelhorn eine Wohnung gesucht und weiterhin viel Zeit mit meiner Mutter verbracht. Egal, die Zeit war verloren und wir mussten das Beste daraus machen.

Nach wie vor hingen und lagen überall glitzernde Lichterketten, Rentiere aus Holz und die Duftkerzen, die nach Zimt und Vanille rochen. Es fühlte sich an, als ob ich direkt in einen Weihnachtsfilm gefallen wäre, und ich liebte es.

Doch so gemütlich die Atmosphäre auch war, kreisten meine Gedanken unweigerlich um Mika. Das Lachen der Kerle vom Parkplatz hallte immer noch in meinen Ohren nach und Mikas Schweigen hatte sich in meinen Kopf eingebrannt. Er hatte sich überhaupt nicht verändert. Nicht wirklich. Früher hatte ich es irgendwie verstanden – oder zumindest ihm gegenüber so getan, als würde ich es verstehen –, wenn er in der Schule nicht zu oft mit mir gesehen werden wollte.

Aber jetzt, nachdem wir erwachsen waren? Jetzt fand ich das alles einfach nur noch … scheiße.

Ich ließ mich auf mein Bett fallen und starrte auf den alten Weihnachtsschlitten, bei dem nur noch die vordere Hälfte blinkte. Die Weihnachtsdeko aus meiner Kindheit hätte mich normalerweise aufgeheitert, aber heute funktionierte es nicht. In meinem Kopf schwirrte nur eine Frage: Hat er die Briefe gelesen?

All die Worte, die ich nie laut auszusprechen gewagt hatte, befanden sich in diesen Briefen. Hatte er sie erhalten, aber kein Wort darüber verloren? Vielleicht hatte er sie auch nie gelesen. Vielleicht waren sie irgendwo unterwegs verloren gegangen oder sein Vater hatte die Post entgegengenommen und sie achtlos in eine Schublade geworfen.

Für einen kurzen Moment stellte ich mir vor, wie ich mich im Schatten der Nacht an Mikas Haus heranschlich. Komplett in schwarz gekleidet mit einem Stirnband und einer Nachtsichtbrille – wie in einem dieser alten Kinderspionagefilme, in denen mit der richtigen Ausrüstung alles möglich war. Ich würde mich leise an die Haustür heranpirschen, vielleicht durch ein Fenster klettern, wenn es offen wäre. Und dann? Auf Zehenspitzen zum Schreibtisch schleichen, wo in meiner Fantasie die Briefe versteckt waren. In meiner Vorstellung konnte ich fast den Klang des Mission Impossible-Soundtracks hören, der jede meiner Bewegungen begleitete. Aber bevor meine innere Kim Possible ihre

Mission abschließen konnte, schüttelte ich den Kopf und lachte in mich hinein. Die Realität sah anders aus: Wie ein schweigender Mika, der stumm danebenstand, während ich verarscht wurde. Das war die Realität.

Und plötzlich war es wieder da, dieses Gefühl. Das Gefühl, dass Hochnadelhorn kein Ort für mich war. Dass sich niemand ändern würde und alles bleiben würde, wie es immer gewesen war. Vielleicht war es Zeit, die Farm zu verkaufen. Wenn niemand die Courage aufbrachte, mich hier wirklich willkommen zu heißen, warum sollte ich dann an etwas festhalten, das nur noch Schmerz und Scham in mir auslöste?

Egal. Nicht jetzt. Gerade konnte ich sowieso nichts an meiner Lage ändern, also nahm ich mein Smartphone zur Hand und scrollte durch Instagram. Mit einem Fake-Profil – sicher ist sicher – durchsuchte ich ein paar Accounts von Leuten aus dem Dorf. Es war die übliche, heile Welt. Familien, die ihre Weihnachtsbäume – natürlich von Marias Farm – schmückten. Dann standen sie vor perfekt dekorierten Bäumen oder lachend in ihren Partykellern mit einer Tasse Glühwein in der Hand. Bei Kellerpartys, zu denen ich nie eingeladen worden war.

Andere Fotos zeigten Familien, die draußen mit ihren Kindern, die kuschelig warm angezogen waren, Schneemänner bauten. Der Schnee funkelte in der Dämmerung. Ich erkannte ein paar Gesichter von früher wieder, Menschen, die mich kaum wahrgenommen hatten. Ihre Welt schien so mühelos und fröhlich. Wie immer.

Doch dann hielt ich inne. Denn auf einem der Fotos erkannte ich Annika, eine alte Klassenkameradin. Die Bildunterschrift lautete: *Erstes Weihnachten mit meiner Ehefrau, wie das klingt, ahh!* Das Foto zeigte sie beim Schlittenfahren mit ihrer Frau und ihrem Sohn. Sie lachten alle zusammen, die rote Nase ihrer Frau leuchtete fast wie die von Rudolph, während ihr Kind, eingemummelt in einen dicken, blauen Anorak, auf einem Schlitten saß. Sie lebte also immer noch hier? Mit ihrer Frau? Ein Teil von mir war fasziniert. Trotz allen Widerstands hatte sie es geschafft, sich hier ein Leben aufzubauen, sie hatte sich getraut – im doppelten Sinne. Vielleicht war doch nicht jeder in Hochnadelhorn in alten Denkmustern gefangen.

Etwas neidisch, aber dennoch glücklich für die beiden, legte ich mein Handy zur Seite.

Es war an der Zeit, eine Entscheidung zu treffen – vielleicht die schwerste meines Lebens.

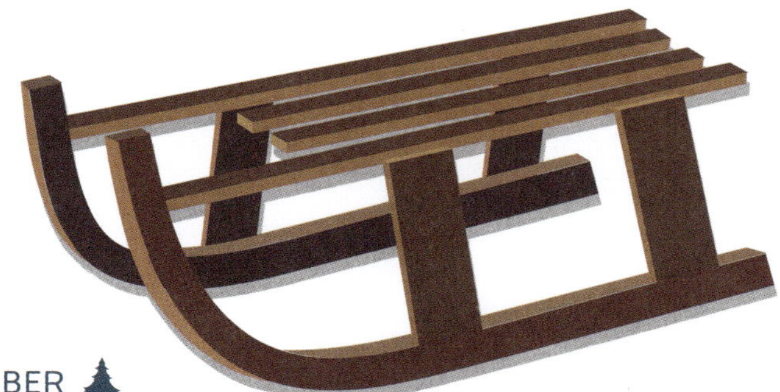

12. DEZEMBER

Der Morgen der Schnitzeljagd fühlte sich seltsam an – in mir tobte eine Mischung aus Aufregung und Nervosität. Und das, obwohl ich Hilfe hatte.

Rosa aus der Bäckerei war die Erste, die früh am Morgen auf der Farm ankam, kurz nach meiner Mutter und mir. Sie brachte eine große Schachtel mit frisch gebackenen Keksen mit. »Hier, die sind eigentlich für die Kinder. Aber die Hälfte habe ich schon für dich und deine Mama reserviert«, sagte sie lachend, während sie die Kekse auf einem alten Tablett arrangierte. Ich grinste, froh über ihre Unterstützung. Sie wusste, wie sie die Stimmung auflockern konnte, und nahm mir den überstürzten Aufbruch bei meinem letzten Besuch nicht übel.

Kurz darauf traf auch Margit ein mit Weihnachtsdeko in ihren Händen. Sie musste nur einen kurzen Blick auf die Farm werfen, um festzustellen: »Wir brauchen mehr Lichterketten!« Obwohl ich keine Ahnung hatte, wo zum Weihnachtsteufel ich noch eine weitere grellbunt blinkende Lichterkette anbringen sollte, nickte ich zustimmend. Sie und meine Mutter richteten die Brücke weihnachtlich her – hier ein paar Lichter, da ein paar Christbaumkugeln.

Der letzte Teil der Vorbereitungen war der Schatz, der an meiner Station zu suchen war. Wir hatten ihn hinter der Hütte versteckt neben der Maschine, die die Weihnachtsbäume automatisch in ein Netz hinein quetschte. Es war ein kleiner, alter Holzkasten, bis zum Rand gefüllt mit Süßigkeiten.

Doch je näher die erste Kindergruppe kam, desto mehr spürte ich, wie mein Magen sich zusammenzog. Ich war nervös. Viel zu nervös. Alles in mir wollte weglaufen, sich verstecken, bevor irgendjemand auch nur einen Fuß auf das Gelände setzen konnte. Aber dann sah ich sie – die Gruppe von Kindern, die lachend auf die Farm zu rannte. Ihre roten und blauen Mützen hüpften im Takt ihrer schnellen Schritte auf und ab, während sie aufgeregt tuschelten und die kleinen Zettel mit den Hinweisen in den Händen hielten.

Und dann entdeckte ich ihn. Mika. Er war derjenige, der die Gruppe begleitete. Natürlich war er es. Danke, lieber Weihnachtsteufel! Mein Herz setzte einen Moment lang aus – oder auch zwei. Ich hätte schwören können, dass meine Knie wenige Augenblicke zuvor noch nicht aus Gummi bestanden hatten.

Mikas Blick fiel auf mich und sein Lächeln erstarb für eine Sekunde. Dann zwang er sich, weiterhin fröhlich auszusehen.

»Los, sucht den Schatz!«, rief eines der Kinder, und alle rannten los. »Im Hinweis steht, der Schatz ist dort, wo die

Weihnachtsbäume ihr ganz eigenes Geschenkpapier bekommen«, schrie ein anderes Kind. »Vielleicht unter dem Schneeberg da? Vielleicht ist der Schnee das Geschenkpapier?«, mutmaßte ein Mädchen und alle liefen durcheinander.

Mika wollte ihnen folgen, doch eines der Kinder hielt ihn mit »Nein, Mika! Wir wollen alleine suchen« davon ab. Er blieb stehen, unsicher, was er jetzt tun sollte, und sah wieder zu mir. Langsam kam er näher und als er mich erreicht hatte, wusste ich nicht, was ich sagen sollte.

Wir standen da, Seite an Seite, während die Kinder nach dem Schatz suchten. Die Stille zwischen uns war schwer, fast erdrückend. Ich wusste nicht, wo ich anfangen sollte, und allem Anschein nach erging es ihm genauso.

»Du hast es hier echt, äh, na ... wie sagt man? Echt schön weihnachtlich hergerichtet«, flüsterte Mika schließlich und klang etwas verunsichert. Nein, eher sehr, sehr verunsichert.

»Danke«, brachte ich mit zitteriger Stimme heraus, obwohl ich mir fest vorgenommen hatte, mir nichts anmerken zu lassen, Mist!

Ich wollte den Vorfall auf dem Parkplatz nicht ansprechen. Stattdessen sollte ich vielleicht irgendetwas Belangloses sagen. Nur, was? Etwas Belangloses wie ... wie ... ja, wie was? Traktor ... Motor ... Schrauben? Okay, mein Gehirn musste sich mehr anstrengend.

»Und der Neuschnee ist ganz schön ...«, würgte ich schließlich hervor.

»Es tut mir leid wegen der Sache auf dem Parkplatz«, platzte es aus Mika, womit er glücklicherweise meinen peinlichen Wettertalk abschnürte.

»Schon gut.« Ich zuckte mit den Schultern und beobachtete, wie Mika alles tat, um mich nicht ansehen zu müssen. Schließlich drehte er sich nickend zu den Kindern um.

Meine Mutter teilte derweil Plätzchen aus, während Margit Fotos für die Eltern und die Dorfzeitung schoss und Rosa die Kinder, die die Suche aufgegeben hatten und nach Tee verlangten, ermahnte, ihn kühl zu pusten.

»Weißt du, ähm.« Mika drehte sich wieder zu mir. »Nein, es ist nicht gut.«

»Ich weiß«, stieß er beinahe erleichtert aus, und zog mich mit in die Hütte hinein. »Es tut mir echt leid. Das war so scheiße, das war ...«

»Wie früher«, schnitt ich ihm das Wort ab und stellte mich neben den heißen Ofen, den Blick aus dem Fenster gerichtet, um ihn nicht ansehen zu müssen. »Nur früher habe ich dir gesagt, oder ... na ja eher in meinem Kopf gedacht oder ...« Ich schluckte. »Geschrieben«, flüsterte ich, »es sei okay, wenn du nicht mit mir gesehen werden willst. Damit niemand etwas Falsches denkt, aber wenn ich ehrlich bin, ist es nicht okay.«

»Es ist scheiße! Und peinlich – von dir. Aber auch erniedrigend – für mich. Als wäre ich ein Sträfling, mit dem man nicht gesehen werden möchte, weil man Angst hat, auf die schiefe Bahn gezogen zu werden. Damals hast du dich auch entschuldigt, weißt du noch? Egal. Jedenfalls musst du mich die Entscheidung, was ich mit der Farm mache, alleine treffen lassen und dann damit leben. Du hast auf dem Parkplatz getan, was für dich am besten ist, egal wie ich mich dabei gefühlt habe, und ich habe das Recht, dasselbe zu tun.« Die letzten Worte fühlten sich wie ein Sprühnebel an, der aus meinem Mund kam, so sehr verengte sich mein Hals, sobald ich versuchte, für mich einzustehen. Ganz so, als wollte mein Unterbewusstsein mich schützen. Denn wenn ich mich zu Schulzeiten verteidigt hatte, war es nie gut ausgegangen für mich.

»Noel, das ist echt eine Scheiß-Aktion von mir gewesen! Ich will mich nicht rechtfertigen, aber ich will, dass du weißt, dass ich es nicht gemacht habe, weil ich mich geschämt habe, mit dir gesehen zu werden, sondern weil ich es nicht anders kenne. Ich bin es gewohnt, mich anzupassen und den Mund zu halten. Bloß nicht aufzufallen.«

Mika redete so schnell, dass er sich fast verhaspelte, und als ich mich zu ihm wandte, sah ich, dass er die Hände zu Fäusten geballt hatte. »Mika, der tadellose Vorzeigesohn. Seitdem mein Vater abbaut, kommt kaum noch einer seiner tollen Kumpels von früher vorbei, weil er ja jetzt anders ist.«

»Also rechtfertigst du dich jetzt doch und willst, dass ich Mitleid habe?«

»Nein, ich will nur, dass du verstehst, dass …«

»Dass du keine Courage hast. Hättest du auch nichts gesagt, wenn jemand anderes beleidigt worden wäre? Oder wärst du dann der Held gewesen, der sich für andere eingesetzt?« Vielleicht war es irgendwie unfair, seine Entschuldigung nicht einfach anzunehmen. Er schuldete mir nichts. Ich war alt genug und hätte für mich selbst einstehen müssen. Wir würden bald wieder aus dem Leben des jeweils anderen verschwinden, aber trotzdem war ich enttäuscht. Es fühlte sich wie ein Stich ins Herz an, dass er anscheinend nur nett zu mir war, um mir den Verkauf der Farm auszureden.

Resigniert ließ Mika die Schultern sinken. »Noel.« Er steckte die Hände in seine Jackentaschen, lief in der Hütte auf und ab, setzte sich auf einen Stuhl, stand wieder auf. Trotz der Hitze des Ofens waren die Fenster von unserer Atemluft beschlagen, sodass die Welt draußen nicht mehr zu existieren schien. Als er die Hände wieder aus den Taschen zog, sah ich etwas weißes aufblitzen. Es sah aus wie … wie, oh nein, mir wurde schlecht. Wie ein Briefumschlag. Mein Briefumschlag?

Ich zwang mich, nicht mehr hinzusehen. »Lass es gut sein, Mika.«

»Nein, bitte, Noel. Es tut mir leid und ich verspreche dir, dass es nie wieder vorkommen wird.« Mika nahm seine

Mütze ab, seine Ohren glühten rot. Obwohl ich ihm glaubte, dass er es wirklich bereute, fühlte ich noch immer den Stachel des Verrats in meinem Herzen. Er näherte sich mir, wobei er mir fest in die Augen sah. »Weißt du, es ist nur so, dass …«

Ein lautes Klopfen unterbrach ihn und in der nächsten Sekunde wurde die Tür der Holzhütte aufgerissen. »Die Kinder haben den Schatz gefunden«, verkündete meine Mutter und winkte uns nach draußen.

Als sich Mika zur Tür umwandte, zog ein Windstoß durch die Hütte und wehte, unbemerkt von Mika, den Brief aus seiner Jackentasche.

Und ich? Ich hob ihn auf. Rasch ließ ich ihn in die Tasche meiner eigenen Jacke gleiten, bevor ich das Mädchen beglückwünschte, das den Schatz meiner Station entdeckt hatte.

»Du kannst stolz auf dich sein, aber ihr anderen auch. Das Rätsel war echt nicht leicht und ihr habt alle super kreative Ideen gehabt. Jetzt schnappt euch noch ein paar Plätzchen und den letzten Rest Tee, bevor ihr aufbrecht, und genießt den Tag. Ja, gewinnen ist toll, aber im Endeffekt sind wir alle Gewinnende, wenn wir heute Nacht schlafen gehen und uns denken: Wow, was für ein großartiger Tag ist das gewesen! Wir sind alle Siegende, wenn wir anderen etwas gönnen. Und wir sind alle auf dem Siegertreppchen, wenn wir, ähm …« Mein Blick huschte zu Mika. »… wenn wir zusammenhalten.«

»Und wenn wir auch vergeben können!«, rief Mika und alle drehten sich zu ihm um.

Ich runzelte die Stirn. Das ergab doch überhaupt keinen Sinn, was er da sagte. Doch er gab sein Bestes, sich von den verwirrten Blicken nicht aus dem Konzept bringen zu lassen.

»Also, ähm, na ja, wenn eben, zum Beispiel, rein hypothetisch, also das heißt, wenn man sich vorstellt … euch hat jemand gerade den Preis vor der Nase weggeschnappt, weil ihr eine Sekunde zu spät gewesen seid …« Mika redete sich um Kopf und Kragen und entledigte sich beim Sprechen seines Schals, als wäre er ihm plötzlich zu eng um die Kehle. »… dann vergebt der Person und habt gemeinsam eine schöne Zeit. Darauf wollte ich hinaus.« Mit einer ausladenden Handbewegung bedeutete Mika den Kindern, weiterzumachen. »Ran an die Plätzchen!«

13. DEZEMBER

Ich öffnete die Tür zur kleinen Buchhandlung, und sofort erklang das leise Klingeln einer altmodischen Glocke, die über mir an der Tür angebracht war. In der Luft hing ein leichter Duft nach Zimt und Buchpapier und ich konnte nicht anders, als tief einzuatmen, während ich mich umsah.

Es war genau so, wie ich es in Erinnerung hatte – klein, urig und irgendwie zeitlos. Das alte Holz knarrte unter meinen Füßen, während ich über den abgenutzten Teppich schritt, dessen Ränder sich schon ein wenig wellten. Überall standen Regale, die von Büchern nur so überquollen – manche so alt, dass die Seiten vergilbt waren, andere ganz neu, mit Farbschnitten oder glänzenden, funkelnden Einbänden, die die an den Regalen angebrachten Lichterketten reflektierten.

»Na, wen haben wir denn da?« Margits Mann Johann klatschte in die Hände, als er mich sah. Ihm gehörte der Laden. Mit seiner ruhigen Art wirkte er immer ein bisschen, als hätte er in seinem Leben nie wirklich Stress gehabt. Auch wenn das sicher nicht stimmte. »Noel, richtig? Über dich reden zur Zeit alle im Dorf. Weißt du, dass viele Leute sagen, die Farm passe gut zu dir? Was führt dich hierher?«

Ich ließ das Farmthema unkommentiert. »Ich sehe mich nur ein wenig um, ich brauche ein bisschen Ruhe und musste mal rauskommen.« Ich schlenderte weiter an den Regalreihen entlang und ließ meine Finger sanft über die Buchrücken gleiten. Schließlich fiel mein Blick auf ein kleines Regal in der Ecke, das besonders weihnachtlich geschmückt war. *Weihnachtsklassiker* stand auf einem hölzernen Schild. Die Bücher zogen mich fast magisch an: Dickens, Andersen und eine Sammlung von Gedichten, die ich schon seit meiner Schulzeit nicht mehr in den Händen gehalten hatte.

»Da schätzt wohl jemand die guten alten Klassiker, was?«

»Ja, na ja ...« Ich drehte *Eine Weihnachtsgeschichte* in den Händen, legte das Buch dann aber zur Seite. »Ich interessiere mich mehr für etwas Neues, weniger für Geschichten von früher.« Auf dem Buchcover glaubte ich aus dem Augenwinkel eine halbtransparente Kontur von Mikas Gesicht zu sehen.

»Wir haben auch neue Weihnachtsromane.« Johann nahm ein glitzerndes Buch mit einem verschneiten Wald auf dem Cover zur Hand. In den Bäumen hingen lilafarbene Lichterketten.

»Oh, äh, nein danke.« Jetzt tat mir Johann leid. Gerade als ich ihm sagen wollte, er solle mit seiner Arbeit fortfahren, betraten mehrere Kunden gleichzeitig die Buchhandlung.

»Oh, ist es schon so weit?« Er warf einen Blick auf seine Armbanduhr. »Wenn du kein Buch kaufen möchtest, hättest du dann vielleicht Lust, bei unserer Weihnachtslesung im oberen Stock dabei zu sein?«

Hatte ich darauf heute Lust? Hm. Es könnte mich tatsächlich von Mika und der Farm ablenken. Außerdem wollte ich Johann nicht noch einmal abweisen.

»Wird Margit auch da sein?«

»Was denkst du, wer den Raum oben dekoriert hat?« Johann lachte, wobei seine Augen wie kleine Halbmonde aussahen und seine goldene Brille verrutschte.

»Na gut, ich bin dabei.« Ich versuchte, so euphorisch zu klingen, wie ich konnte. Wenigstens würde Mika hier nicht schon wieder urplötzlich auftauchen, so wie gestern.

Johann legte seine Hand auf meinen Rücken und geleitete mich zur Holztreppe. »Einfach da hoch, ich komme gleich.«

Nach der ersten knarrenden Stufe hielt ich inne, da ich am Geländer einige seltsame Rillen spürte. »Was ist das?« Ich lehnte mich nach vorne, um das Holz besser begutachten zu können.

»Oh, das sind unsere, sagen wir mal, ganz speziellen Signaturgravuren. Immer wenn hier jemand eine Lesung hält, lasse ich die Person mit einem Messer ihre Unterschrift in das Holz der Treppe ritzen. Sie wurde vor langer Zeit von meiner Ur-Uroma angefertigt.« Johann strich über das dunkle Holz, während er einen Moment lang in Erinnerungen schwelgte.

»Wunderschöne Idee!« Auf einmal freute ich mich auf die Lesung. »Ähm, warum sagen die Leute, die Farm würde zu mir passen?«

Er grinste. »Maria, so sehr sie sich für uns einsetzte, musste sich ständig die Frage anhören, warum sie nicht lieber heirate und Kinder bekomme. Aber sie hat immer ihr eigenes Ding durchgezogen und den Leuten ihre Grenzen aufgezeigt. Ich glaube, dass ihr euch in dieser Hinsicht ähnlich seid. Du wirkst auf mich sehr zielstrebig.«

»Oh … Danke.«

»Immer gerne, ich liebe Geschichten, wie du vielleicht merkst.« Dann ging er Richtung Kasse davon, während ich die Treppe hinaufstieg.

Oben angekommen, ließ ich meinen Blick durch den kleinen Raum schweifen. Auf einem langen Holztisch lag eine rote Tischdecke. Außenherum gruppierten sich einfache Stühle, von denen einige bereits besetzt waren. Margit hängte gerade eine letzte Lichterkette an einen der Fensterrahmen, während sich ein paar der Besucher unterhielten und auf den Beginn der Lesung warteten. Der Raum war über und über mit Tannenzweigen, goldenen Kugeln und funkelnden Sternen geschmückt. Eine ältere Frau reichte Margit ein paar Schleifen und laut der tuschelnden Leute vor mir war dies wohl die Autorin.

»Fast fertig«, sagte Margit lächelnd, als sie sich vorbeugte, um einige der Deko-Elemente zurechtzurücken. Ich fühlte mich plötzlich ruhiger, fast angekommen.

Ja, das war definitiv eine gute Idee, dachte ich, als jemand hinter mir trampelnd die Treppe herauflief.

JETZT IM
ANGEBOT:
WEIHNACHTS
KLASSIKER

CHARLES DICKENS EINE WEIHNACHTSGESCHICHTE
CHRISTIAN ANDERS
WEIHNACHTSMÄRCHEN
J.R.R. Tolkien
Briefe vom Weihnachtsmann
FRANCES HODGSON BURNETT DER KLEINE LORD
DIE WEIHNACHTSGESCHICHTE
E. T. A. HOFFMANN
NUSSKNACKER UND MÄUSEKÖNIG
THEODOR SEUSS GEISEL
WIE DER GRINCH
WEIHNACHTEN GESTOHLEN HAT

Nachdem die Lesung endlich vorbei war, konnte ich aufatmen. Inhaltlich hatte ich kaum etwas mitbekommen. Meine Gedanken kreisten die ganze Zeit um Michael, der kurz nach mir angekommen war und im hinteren Teil des Raumes platzgenommen hatte. Seit ich ihn beim Weihnachtsbaumverkauf auf dem Parkplatz der Bank wiedergetroffen hatte, spürte ich seine Anwesenheit wie ein ständiges Gewicht auf meiner Brust. Jeder Blick in seine Richtung war begleitet von der Angst, dass ich mir wieder einen fiesen Spruch von ihm anhören musste – genau wie früher. Vor allen Anwesenden.

Jetzt nach der Lesung standen wir beide in der Schlange für die Signierstunde an. Das neueste Buch der Autorin Johanna Roth, *Weihnachtstraumküsse im Licht der Zimtsterne*, war gerade neu erschienen. Johanna setzte ihren Namen mit einer fließenden Leichtigkeit auf die Buchseiten. Ich wollte so schnell wie möglich raus, mich irgendwie aus der Situation stehlen. Sobald ich mein signiertes Exemplar in den Händen hielt, machte ich mich sofort auf den Weg zum Ausgang.

Doch als ich unten an der Tür ankam, hörte ich hinter mir Schritte. Michael. Er holte mich ein und ich spürte, wie mein Puls schneller wurde. »Noel, warte mal!« Seine Stimme klang anders als sonst – leiser, ernster. »Ich wollte mich entschuldigen. Was wir damals gemacht haben … das war echt Mist. Und dass sich letztens wieder so eine Gruppendynamik entwickelt hat, tut mir leid. Es ist wieder wie früher gewesen, Hannes fängt an zu sticheln und … Nee, egal, ich will auch nicht die Schuld von mir weisen. Es ist scheiße, sorry, und Mika hat uns gleich danach auch den Kopf gewaschen und etwas gesagt, das mich wachgerüttelt hat.«

Mika hatte was getan?

Er sah mich direkt an, und ich erkannte etwas in seinem Blick, das ich nicht erwartet hatte – Reue. Echte Reue. Oder er war ein begnadeter Schauspieler, was ich mir aber nicht vorstellen konnte. »Ich habe jetzt selbst einen kleinen Sohn«, fügte er hinzu, während er den Blick senkte. »Wenn er später mal in der Schule gemobbt wird … Ich weiß nicht, wie ich damit umgehen würde. Oder wenn er, du weißt schon, ähm.« Michael rieb sich den Hinterkopf und deutete auf mich. »Wen auch immer liebt und dafür gemeine Sprüche kassiert. Ich kann mir nicht vorstellen, wie das sein muss. Ich habe mir immer eingeredet, dass das ja alles nur Spaß sei. Schulunsinn. Dass es lustig sei, aber ich schätze, du hast die Situationen anders empfunden, oder?«

Ich zog meine Augenbrauen so weit nach oben, dass ich fast glaubte, sie würden jeden Augenblick über meinen Kopf hinweg bis hinauf ins Universum fliegen. »Ja, Michael, das war nicht lustig.« Ich hatte mir hunderte Male vorgestellt, wie ich meine ehemaligen Klassenkameraden anbrüllte und anschrie, sie so fertig machte, wie sie mich damals.

Aber als ich die Reue, die Schuld und auch die Sorgen in Michaels Augen sah, verpufften diese Fantasien. Mehr hatte ich nie gewollt. Ich hatte nie jemand besonderes sein wollen, bejubelt werden oder sonst etwas. Ganz im Gegenteil: Ich wollte einfach jedem scheiß egal sein. Scheiß verfickt egal. Und mein Leben leben wie alle anderen Menschen. »Aber, ähm … danke für dein Verständnis und deine Entschuldigung. Das hätte ich zwar damals in der Schule gebraucht, aber besser spät als nie. Und jetzt … zeig mal deinen Sohn her, ich hoffe, er kommt nach seiner Mutter«, scherzte ich, um die Stimmung aufzulockern, und musste selbst lachen.

Michael stieß mir sanft mit dem Ellbogen in die Seite, als er sein Handy zückte. »Den Seitenhieb schenke ich dir vorerst«, witzelte er und entsperrte das Gerät.

Als Hintergrund erkannte ich ein Kleinkind mit Weihnachtsmütze.

»Das ist Julian.«

Irgendwie wusste ich nie, wie ich auf Babyfotos reagieren sollte, also entschied ich mich für ein diplomatisches: »Oh, echt tolles Bild!« Dann griff ich nach der Türklinke und öffnete die Ladentür einen spaltbreit, sodass die Türglocke nur leise erklang. »Und danke nochmal, dass du auf mich zugekommen bist.«

»Kein Ding. Thomas fühlt sich genauso schlecht wie ich, da bin ich mir sicher.« Michael steckte sein Handy weg und seufzte schwer. »Hannes allerdings, der ist wohl engstirniger und aufbrausender. Gegen den kommen wir schwer an, weil niemand auf seiner Abschlussliste stehen will.« Er sprach sofort weiter, als ich den Mund öffnete, um einen Einwand vorzubringen. »Trotzdem! Trotzdem werden wir da nicht mehr mitmachen, falls er dich nochmal anpöbeln sollte. Als Vater muss ich langsam lernen, meinen Mund aufzumachen, und darf kein Mitläufer mehr sein. Versprochen!«

»Das freut mich zu hören. Auch für deinen Sohn.« Mehr wollte ich zu dem Thema nicht sagen. Bevor Michael noch etwas erwidern konnte, schlüpfte ich nach draußen.

Es war kühler geworden. Der Wind peitschte den Schnee in mein Gesicht, der warme Schein der Straßenlaternen vermischte sich mit den Lichtern der Weihnachtsbeleuchtung und ich hatte das Gefühl, endlich wieder tief durchatmen zu können.

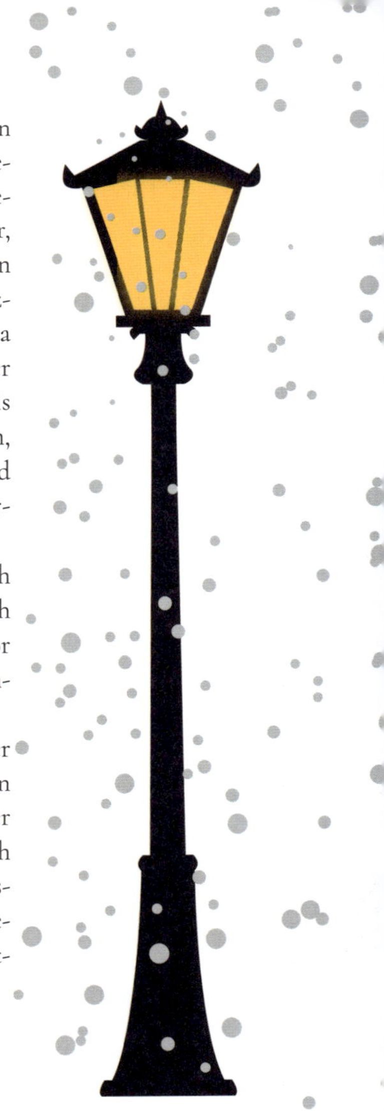

14. DEZEMBER

»Warum lasse ich mich immer zu so etwas überreden«, nuschelte ich vor mich hin, während die Schneeflocken, die mir ins Gesicht flogen, immer größer zu werden schienen.

Eigentlich hatte ich nur ein paar Backwaren aus Rosas Bäckerei abholen wollen, um mit meiner Mutter zu frühstücken. Doch unterwegs war ich von einer Schulklasse aufgegabelt worden. Die Kinder boten heute ausnahmsweise Schlittenfahrten mit Margits Pferden an, um Spenden für einen guten Zweck zu sammeln. Die Tiere wurden dabei besonders pfleglich behandelt und nur für kurze Strecken eingesetzt, damit sie sich nicht überanstrengten. Denn der gute Zweck war, Spenden für Pferde in Not zu sammeln. Und da ich noch immer Schuldgefühle wegen der Farm hatte, saß ich nun hier auf dem Schlitten und fror.

»Toll, oder?« fragte eines der beiden Kinder, die mich begleiteten.

Eine Schneeflocke flog in mein Auge, unzählige weitere fanden ihren Weg in meinen Kragen. »Ja, toll. Voll toll.« Zum Glück nahmen mir die Kinder mein falsches Lächeln ab.

»Da, Herr Schlittenfahrer, den nehmen wir auch noch mit«, rief das Mädchen namens Desna und schlug dem Kutscher, der auch der Tierarzt der Pferde und Margits Bruder war und dafür sorgte, dass es den Tieren gut ging, mit ihrem blauen Handschuh auf den Rücken.

Wir kamen ruckelnd zum Stehen. Amir, das zweite Kind, wurde fast aus dem Sitz geschleudert. Neugierig hielt ich Ausschau nach der Ursache unseres Stopps. Mika. Natürlich.

»Hey, Mika. Wir machen heute Schlittenfahrten für den guten Zweck, fährst du eine Runde mit?«, fragte Desna aufgeregt.

»Komm gerne mit, Mika«, lud ihn Margits Bruder ein. »Der Schlitten gehört meiner Schwester, aber Margit würde auch sagen: ›Rein mit dir!‹«

»Hm, ich habe eigentlich ...« Erst jetzt entdeckte er mich auf dem Schlitten. »... nichts zu tun. Ich komme gerne mit.« Er stieg ein, warf sogleich ein paar Münzen in einen Korb und ließ sich schließlich grinsend neben mir nieder. Sein Blick fiel auf die Decke, die die beiden Kinder mir gegeben hatten.

»Die Decke ist groß genug für euch beide«, rief Desna, während der Schlitten wieder anfuhr.

Ich lächelte steif. »Selbstverständlich.« Mein ganzer Körper verkrampfte sich, als ich die Decke über Mikas Beine legte. Der Schlitten war so eng, dass mein Bein seines berührte.

»Wollt ihr euch nicht mal zu mir nach vorne setzen und euch anschauen, wie die Pferde richtig geführt werden?«, fragte der Schlittenführer mit einem Blick nach hinten.

»Ja!«, schrie ich schon beinahe viel zu laut.

Die Kinder musterten mich überrascht und der Kutscher warf mir einen kurzen, irritierten Blick zu. Auch Mikas Blick spürte ich auf mir, doch ich starrte stur geradeaus.

»Ihr Interesse freut mich, aber das Angebot galt den Kindern.«

»Oh. Ja, klar. Das war auch nur ein Scherz.« Ich lachte hölzern.

Hör auf damit, ermahnte ich mich gedanklich.

Nachdem die Kinder vorne Platz genommen hatten und Mika und ich uns lange genug angeschwiegen hatten, beschloss ich, die Stille zu durchbrechen: »Ich habe mit Michael gesprochen. Er hat sich entschuldigt und er hat erzählt, du hättest den Dreien eine deutliche Ansage gemacht, nachdem ich gegangen war.«

Mika drehte seinen Kopf langsam in meine Richtung. Seine Augen blitzten für einen Moment auf, als hätte er eine freudige Antwort parat. Doch dann hielt er inne und ließ seinen Blick über die vorbeiziehende Weihnachtslandschaft von Hochnadelhorn gleiten. Eine Gruppe Touristen stieg gerade aus einem Reisebus aus. »Das freut mich.« Ich spürte, wie Mikas Hand sich unter der Decke bewegte. Er ließ sie neben seinen Oberschenkel gleiten, direkt neben meine eigene. Ich hatte es noch nie in meinem Leben so sehr bereut, einen Handschuh zu tragen – abgesehen vielleicht von dem einen Mal, als sich eine Biene dort hinein verirrt hatte.

»Hast du ihm verziehen?«

Ich zuckte mit den Schultern. »Ich freue mich über die Entschuldigung, aber beste Freunde werden wir wohl nicht. Dafür ist zu viel vorgefallen und seine Worte von damals beeinflussen mich bis heute. In meinem Denken und meinem Handeln. Manchmal bekomme ich Schweißausbrüche, wenn ich neue Menschen kennenlerne, weil ich Angst davor habe, dass sie mich genauso mies behandeln. Er hat sich mit seiner Entschuldigung viel Zeit gelassen, aber trotzdem rechne ich ihm hoch an, dass er sich überwunden hat.«

Mika nickte verständnisvoll, als hätte er diese Antwort schon erwartet. »Manchmal braucht man Zeit, um sich wirklich zu ändern«, philosophierte er flüsternd, seine Stimme kaum mehr als ein Hauch im Wind, bevor er die Augen wieder nach vorne richtete.

Der Schlitten fuhr weiter durch den Schnee, das Knirschen der Kufen auf dem gefrorenen Boden und das Schnauben der Pferde vermischten sich mit dem sanften Rauschen des Windes. Ein paar Schneeflocken sammelten sich auf Mikas Wimpern und als er sie wegblinzelte, hatte ich das Gefühl, als würde eine schwere Last von uns beiden abfallen.

»Du sagst das so, als ginge es dir ähnlich.«

»Vielleicht ist das ja auch so.«

»Vielleicht«, stimmte ich zu. Auf einmal schien der Brief, den Mika vor Kurzem verloren hatte und der sich nun in meiner Jackentasche befand, zentnerschwer zu sein.

Kurz vor dem Ende der Schlittenfahrt hatte sich die Stimmung zwischen Mika und mir wieder normalisiert. Wir scherzten und sprachen über alte Zeiten. Trotzdem konnte ich den Brief nicht vergessen. Bis jetzt hatte ich es erfolgreich geschafft, ihn zu verdrängen, unter anderem aus Furcht. Doch jetzt, nachdem wir uns ausgesprochen hatten, konnte ich es gar nicht mehr erwarten, ihn zu öffnen. War es wirklich einer von meinen Briefen? Was würde das bedeuten? Was würde es ändern? Egal, ich brauchte Gewissheit.

»Scheiße, siehst du die Ausfahrt von Hochnadelhorn da vorne? Dort sind wir doch immer mit der Schule Langlaufen gewesen, oder? Ich habe diese Strecke gehasst.« Mika deutete in die entsprechende Richtung und lachte. »Entweder es war zu viel Schnee und wir sind eingesunken und nicht weitergekommen oder …«

»… oder es war zu wenig und die Skier sind nur über den Asphalt gekratzt«, beendete ich seinen Satz. *Oder die anderen haben mich mit den Skiern geschlagen oder mir mit den Skistöcken in die Kniekehlen gepiekt,* fügte ich gedanklich hinzu.

Es war nur ein flüchtiger Blick, der Hauch einer Berührung seines Schuhs an meinem, sein Atemwölkchen, das sich mit meinem verband (ich bildete mir ein, dass das so entstandene gemeinsame Wölkchen herzförmig war – peinlich hoch tausend!). Aber ich hatte mit einem Mal das Gefühl, dass zwischen uns mehr sein könnte. Mehr als nur … ja, was? Freundschaft? War es das überhaupt? Bekanntschaft? Oder bildete ich mir die Verbundenheit nur ein? Spielte mir mein Kopf mal wieder einen Streich? Wenn ja, dann war es definitiv einer von der Sorte, die nicht witzig waren. Wollte mein Gehirn mir etwa einreden, dass ein Typ, der sicherlich nicht auf Männern stand, an mir interessiert sein könnte?

Die Pferde gaben ein leises Schnauben von sich, als sie um eine Kurve bogen. Ihr Hufschlag klang wie eine dumpfe Melodie. Und immer noch rieselten lautlos ein paar Schneeflöckchen auf uns herab. Eines ließ sich sogar ganz frech auf Mikas Nasenspitze nieder. Wenn das hier ein Date wäre und ich mich nicht wegen der Leute, die uns sehen könnten, beirren lassen müsste, wäre das wunder… wäre das nicht meine Realität. Ein Ziehen ging durch meinen Magen. Manchmal fragte ich mich, ob die von der Gesellschaft als normal angesehenen Paare auch nur im Entferntesten ahnten, welches Glück sie hatten.

»So, wir sind bald an der Endstation angekommen, schlagt schon mal die Decke beiseite und gewöhnt eure Körper wieder an die Kälte«, rief der Kutscher nach hinten und lachte dabei.

Die Decke. Sie war wie ein Unsichtbarkeitsmantel, unter dem ich Mikas Hand ohne Scham berühren könnte. Mit meiner Handschuh-Hand. Ich zog die Decke langsam weg und hob dabei meine Hände an. Plötzlich fühlte es sich kalt an. Okay, ja, weil die Decke weg war, aber die Kälte schien sich auch in meinem Herzen auszubreiten. Die Komplexität des Lebens war manchmal noch schwerer zu verstehen als jede Matheaufgabe.

»Weißt du noch, als du mich gefragt hast, ob ich mein Leben lebe? Das Leben, in dem ich nicht verdränge, dass ich unglücklich bin, und dann in der Midlifecrisis durchdrehe?«, fragte Mika, während er seine Hand ausstreckte und die Schneeflocken betrachtete, die sich darauf sammelten.

Ich nickte.

»Ich habe in letzter Zeit viel darüber nachgedacht und es gibt da etwas, das ich dir sagen muss.« Gerade als Mika ansetzte, weiterzusprechen, ging ein Ruckeln durch den Schlitten und die Pferde kamen wiehernd zum Stehen.

»So, da sind wir. Hilft mir jemand mit den Kindern? Mika?«

»Ähm, ja komme.« Mika sprang aus dem Schlitten, als wäre er dankbar, dass unsere Unterhaltung unterbrochen worden war.

»Braucht ihr mich auch?«

»Nein, schon gut«, antwortete Margits Bruder.

Ich vergewisserte mich, dass Mika mit den Kindern beschäftigt war, bevor ich den Brief aus meiner Jackentasche hervorholte. Ich zog den beschriebenen Bogen aus dem Umschlag, wobei ich Mika immer wieder prüfende Blicke zuwarf. Mit dem Papier in der Hand, rutschte ich ein wenig tiefer in den Sitz.

Es war nicht mein Brief. Es war ein Brief vom Pflegezentrum, der darüber informierte, dass ein Teil der Pflegekosten für Mikas Vater übernommen werden würden. Ich steckte ihn wieder ein, spürte aber keine Erleichterung. Warum nicht? Das war doch etwas Gutes, oder? Oder hatte ich gehofft, Mika hätte meine Briefe gelesen und traf sich trotzdem oder gerade deshalb weiter mit mir? Oder war das vielleicht tatsächlich die Realität, obwohl dieser Brief keiner von meinen war? Manche Wunschträume blieben eben leider unerfüllt.

»So, da bin ich wieder.« Mikas Augen lächelten jedes Mal mit, wenn er mich angrinste. Seine ganze Körpersprache war dann offen und fröhlich.

»Oh, ok. Und was wolltest du sagen?«

»Ähm, nicht so wichtig.« Das Lächeln, das Mika mir schenkte, half mir nicht wirklich über meine Enttäuschung hinweg. Er kniff die Augen zusammen, als sähe er mir meine Gefühle am Gesicht an, obwohl ich mich um mein bestes Poker-Face bemüht hatte. »Ein andermal.« Das gab mir Hoffnung. Worauf, wusste ich nicht, aber mein Herz hoffte.

15. DEZEMBER

Eigentlich wollten Mika und ich heute ein Restaurant ausprobieren, das vor Kurzem neu aufgemacht hatte. Die Familie Abbasi lebte wohl schon seit einigen Monaten in Hochnadelhorn und nachdem ihr Essen bei den Dorffesten immer gut angekommen war, hatten sie beschlossen, ein eigenes Restaurant zu gründen. Wobei Restaurant wohl zu viel gesagt war. Es war ein Foodtruck, mit dem sie auch andere Standorte anfahren konnten, falls das Geschäft im Dorf mal nicht so gut lief, der aber auch nicht allzu hohe Kosten verursachte. Eigentlich war der Plan, sich heute durch die Speisekarte zu futtern … warum *eigentlich?* Weil Mika gerade abgesagt hatte.

Enttäuscht ließ ich mein Handy sinken und wollte es eben neben mich auf die Couch legen, als es wieder vibrierte.

Hey, da fällt mir gerade ein: Geh doch mal zum Altkleiderflohmarkt heute. Deine Mutter braucht bestimmt Hilfe und ich glaube, es könnte dir guttun.

Seltsam, wie kam er darauf, dass es mir guttun würde?

Nachdem ich mich nach langem hin- und her Überlegen schließlich aufgerafft hatte, war ich zum Rathausplatz spaziert. Meine Mutter begrüßte mich aus der Ferne mit einem Winken. Sie wusste einfach, wie man jemandem einen schönen, herzlichen Empfang bereitete.

Ich ging nicht sofort zu ihr, sondern ließ die Atmosphäre erst einmal auf mich wirken. Langsam schlenderte ich umher und sah mich um. Der Rathausplatz leuchtete unter unzähligen Lichterketten, die um die mit Stuck und Säulen verzierten Fassaden des alten Rathauses geschlungen waren. Der Altkleiderflohmarkt wirkte wie aus einem uralten Weihnachtsfilm mit dem Rathaus im Hintergrund als romantische Kulisse. Na ja, bis auf die Heizpilze, die in regelmäßigen Abständen aufgestellt waren.

Die Besucher schlenderten von einem Tisch zum anderen, wühlten durch Kartons und betrachteten eingehend stapelweise Kleidung. Dicke Wollpullover, bunte Strickmützen und gefütterte Stiefel wurden begutachtet. Ein Tisch stach besonders heraus: Dort wurden nur besonders kitschige Weihnachtspullis angeboten – solche mit blinkenden Rentieren und gestickten Schneemännern. Zwischen dem bunten Treiben war das helle Lachen von Fangen spielenden Kindern zu hören, das sich mit den Klängen der Weihnachtslieder aus den Lautsprechern vermischte.

Obwohl ich eigentlich auf ein gemütliches Essen mit Mika gehofft hatte, fühlte ich mich plötzlich ein kleines bisschen leichter. Ich blieb an einem Stand mit alten Stiefeln stehen, darunter auch ein paar sommerliche Schuhe aus Plastik, die man beim Baden im Meer anziehen konnte, um sich die Füße nicht an scharfkantigen Muscheln zu verletzen.

»Na? Auf der Suche nach ein paar Stiefeln? Wir spenden unsere Einnahmen an den Lesekreis des Rathauses.« Ich sah zu dem Mann hinter dem Tisch hoch, konnte ihn aber nicht ganz einschätzen. »Hast du nicht früher auch gerne gelesen, Noel?« Er kannte mich?

»Sorry, ich ...«

»Oh, ich bin Christopher. Ich habe früher in der Bäckerei meiner Oma Rosa ausgeholfen.«

Wow. Christopher hatte sich ganz schön verändert! Früher hatte er lange, orange-rote Haare, die ihm bis zu den Augen reichten. Jetzt trug er einen Dreitagebart, seine Haarfarbe hatte sich zu einem Rotbraun gewandelt und er wirkte etwas durchtrainierter.

»Ach, sorry, stimmt. Und du bist ...?« Ich wandte mich dem zweiten Verkäufer neben ihm zu, der gerade ein paar Stiefel in einer Plastiktüte verpackte.

»Mich kannst du nicht kennen. Dennis. Ich bin erst seit einem halben Jahr hier. Nachdem Chris mich endlich seiner Oma vorgestellt hat, bin ich nach vier Jahren Beziehung hergezogen.« Dennis und Chris waren ein Paar und lebten hier? Gemeinsam? Und Rosa wusste davon?

»Okay ... ähm, ja schön ... Freut mich.« Stille kehrte ein und ich spürte eine Anspannung in mir. Mein Kopf riet mir, aus der Situation zu flüchten, aber mein verkrampfter Körper gehorchte mir nicht mehr, als wollte er sagen: *Wir bewegen uns hier nicht weg, bis du aussprichst, was du denkst.*

»Darf ich euch etwas Persönliches fragen?«

Chris lächelte herzlich, legte seinen Arm um Dennis und nickte.

»Wie ist es euch so ergangen, also, na ja, zu zweit, hier im Dorf? Mit den anderen Leuten?«

Obwohl niemand in der Nähe war und die Musik spielte, wisperte ich verschwörerisch und hoffte, dass niemand mithörte. In mir steckte noch immer die Angst von früher.

»Also zuerst einmal tut es mir leid, wie es dir hier ergangen ist. Ich habe das damals mitbekommen und mir, wenn ich dich bei uns in der Bäckerei gesehen habe, oft überlegt, ob ich dich darauf ansprechen sollte. Aber ich habe mich nicht getraut. Es wird besser hier im Dorf.« Christopfer senkte leicht den Kopf.

Ich hob abwehrend die Hände. »Schon gut. Du bist nicht dafür verantwortlich.«

Dennis drückte Christophers Schulter.

»Siehst du, das habe ich dir doch auch schon gesagt.«

Es sah ganz danach aus, als hätte es Christopher sehr belastet, mir damals nicht geholfen zu haben ... merkwürdig. Gab es etwa Menschen im Dorf, die immer schon zu mir gehalten hatten, wenn auch nur gedanklich?

Ich schlenderte weiter über den Flohmarkt, während die letzten Worte von Christopher und Dennis noch in mir nachklangen. Es war seltsam, aber irgendwie auch tröstlich zu wissen, dass ich in der Vergangenheit gar nicht so alleine gewesen war, wie es sich oft angefühlt hatte. Da waren Menschen gewesen, die still mit mir gelitten hatten. Vielleicht hatte sich Hochnadelhorn doch verändert und ich hatte es nur nicht mitbekommen? Aber ein ungewöhnliches Pärchen machte noch kein weltoffenes Dorf. Oder doch?

Ich lenkte meinen Schritt zu einem vertrauten Stand, der irgendwie immer da war, egal ob ein Weihnachtsmarkt, Flohmarkt oder Dorffest veranstaltet wurde: Billy Senior und sein Schatz & Söhne Geschenkwarenhandel. Billy bot nicht nur die besten Kleinigkeiten zum Verschenken an, sondern auch eine beeindruckende Sammlung von alten Mänteln und Jacken, die er für den Flohmarkt jedes Jahr aus der hintersten Ecke seines Ladens hervorkramte. Es handelte sich um Kleidungsstücke, die die Kunden bei ihm vergessen hatten. Wenn sie bis Weihnachten niemand abholte, wurden sie beim Altkleiderflohmarkt verkauft. Da der Erlös für den guten Zweck gespendet wurde, war es eine heimliche Tradition im Dorf, ab und an absichtlich eine Jacke oder einen Mantel im Laden zu »vergessen«. Die Kleidungsstücke hingen ordentlich aufgereiht an einer Stange. Billy stand hinter einem alten Klapptisch und plauderte mit einigen Flohmarktbesuchern.

»Noel, mein Junge! Schön dich zu sehen.« Er schenkte mir sein übliches breites Grinsen.

»Schade, dass meine Tochter Sandra nicht da ist. Sie wollte mit dir über deinen Franchise-Fitnessladen sprechen. Sie überlegt nämlich, etwas Ähnliches aufzumachen, wenn sie wieder zurück ist.«

»Hi, wo ist Sandra denn?« Krass, dass sie darüber Bescheid wusste!

Billy Senior begutachtete einen alten Filzmantel, den er sich quer über seinen Schoß gelegt hatte.

»Weißt du, meine Tochter ist gerade auf Weltreise. Sie hat es schwer gehabt nach dem Tod ihrer Partnerin, deshalb versucht sie jetzt, irgendwie den Kopf frei zu bekommen.« Er seufzte und legte den Mantel zur Seite. »Ich hoffe, sie kommt zu Weihnachten zurück. Die Feiertage sind schwer, wenn man jemanden verloren hat. Ich würde mich sehr freuen, sie zu sehen. Ich glaube, sie läuft davor weg, ihre Trauer zu verarbeiten, deshalb kann ich mir nicht vorstellen, dass ihr die Reise auf Dauer hilft.«

Bei seinen Worten spürte ich einen Stich in meiner Brust. Weihnachten hatte immer diesen bitteren Beigeschmack – zum einen war es ein Fest voller Licht und Wärme, zum anderen aber auch voller Erinnerungen an all die Menschen, die man verloren hatte.

»Ich drücke die Daumen, Billy.«

Er lächelte schwach und ließ seinen Blick schweifen.

»Weißt du, viele Menschen im Dorf haben sich in den letzten Jahren verändert. Manchmal merkt man solche Entwicklungen erst spät, aber dieser Ort ist nicht mehr derselbe wie früher.« Sagte er das wegen den Geschehnissen aus meiner Vergangenheit? Wegen der Farm? Weil er es sich für seine Tochter einreden wollte? Oder war es wirklich so?

»Das würde mich freuen. Na ja, ich muss mal weiter zu meiner Mutter, viel Erfolg noch.« Das Gespräch mit Billy brachte mich zum Nachdenken. Dies war ein anders Hochnadelhorn als früher. Das Dorf hatte sich entwickelt, nicht nur äußerlich, sondern auch im Inneren. Da waren Christopher und Dennis, Annika mit ihrer Frau und dem Kind und außerdem Billys Tochter, die ihre Liebe anscheinend offen gelebt hatte. Und trotzdem von den Einheimischen akzeptiert wurde. Vermutlich nicht von allen, siehe Hannes, aber Ausnahmen gab es immer. Vermutlich wirkte ihre Liebe trotzdem auf viele Menschen fremd, einige sprachen bestimmt hinter vorgehaltener Hand darüber, aber immerhin gab es eine Veränderung. Dennis und Christopher wirkten keineswegs unglücklich oder angsterfüllt hinter ihrem Verkaufstisch. In der Öffentlichkeit.

Kaum hatte ich meine Mutter erreicht, hielt sie mir prompt einen alten Retropulli mit einem bunten Muster unter die Nase.

»Als ich den gesehen habe, musste ich gleich an dich denken.«

»Der ist, ähm ... Okay, der ist echt schön.«

»Zweifelst du etwa an meinem Geschmack?« Meine Mutter schlug sich mit gespielter Empörung die Hand vor die Brust.

Ich musste kurz an eine ihrer Blusen denken, die sie sich vor ein paar Jahren gekauft hatte. Sie war über und über mit Insekten bedruckt.

»Niiiiemals.«

Während sie mir einen weiteren Stapel Kleidung zeigte, den sie erworben hatte, beobachtete ich das bunte Treiben auf dem Rathausplatz.

»Noel?«, fragte meine Mutter und holte mich aus meinen Gedanken.

»Ja?«, antwortete ich abwesend und sah sie an. Mit strahlenden Augen drückte sie mir einen dicken, flauschigen Schal in die Hand.

»Den solltest du auf jeden Fall mitnehmen«, drängte sie mit einem verschwörerischen Augenzwinkern.

Ich nickte und sah ihn mir genauer an. Darauf stand: *Gespendet von Mika Egli.*

Die Veränderungen waren im ganzen Dorf spürbar und langsam fragte ich mich, ob es Mikas Plan gewesen war, mir das zu verdeutlichen, als er mir vorgeschlagen hatte, den Flohmarkt zu besuchen. Gerade als ich ihm schreiben wollte, sah ich jemanden hinter meiner Mutter stehen: den potentiellen Käufer der Farm.

16. DEZEMBER

Bethes Pension war in einem alten Fachwerkhaus am Rand des Dorfes untergebracht. Ich saß in einem gemütlichen Ohrensessel mit Rosenmuster und beobachtete die Flammen im Kamin vor mir, während ich darauf wartete, dass Elisabethe, die namensgebende Besitzerin der Pension, die Rezeption verließ, um sich anderen Aufgaben zu widmen. Schließlich wandte ich mich an Robert, den potentiellen Käufer der Farm: »Ist doch angenehmer hier in der Wärme über das Geschäft zu sprechen, oder? Und ... hast du gut hergefunden?« Er hatte mir auf dem Flohmarkt direkt das Du angeboten, noch bevor ich ihn von meiner Mutter und anderen neugierigen Umstehenden wegscheuchen konnte.

»Ja ... ja, freilich. Hab noch ein paar Zwischenstopps gemacht, aber jetzt bin ich da.« Robert schlug ein Bein über das andere, wodurch sich Falten in seinem hellbeigen Anzug bildeten.

»Können wir uns die Farm trotzdem gleich mal ansehen? Ich habe warme Klamotten dabei. Vorbereitung ist der halbe Erfolg. «

Ich lachte nervös, als hätte er den besten Witz der Welt erzählt.

»Also Sie ... du ... du gehst sofort zum Geschäftlichen über, das gefällt mir.«

»Du hattest ja geschrieben, dass du die Farm so schnell wie möglich loswerden willst.« Ich konnte Robert nicht so ganz einschätzen. Er runzelte die Stirn bis hoch zu seiner Glatze. »Oder hat sich daran etwas geändert?«

Hatten sich meine Pläne geändert? Keine Ahnung. Nein. Nein, sie blieben weiterhin bestehen. Dieser Ort mochte sich verändert haben, aber trotzdem ließen sich die Wunden der Vergangenheit nicht so leicht abschütteln. Ich wollte so schnell wie möglich weg von hier. Weg von Mika? Weg von meiner Mutter? Weg von diesem Heimatgefühl, das ich so lange vermisst hatte? Argh! Warum war es so schwer, einen klaren Gedanken zu fassen? Ich spürte Roberts Blick auf mir, als brannte er sich in mich ein.

»Noel?«

»Ja ... nein, nein ... ja, nein, also ich habe nur gedacht ... Ich will die Leute nicht kurz vor Weihnachten vor vollendete Tatsachen stellen. Für sie ist die Weihnachtsbaumfarm ein wichtiger Ort und ...«

»Na ja, ist in so einem kleinen Dreckskaff nicht jedes Fleckchen und jede Straßenlaterne ein geschichtsträchtiger Ort für die Leute? Weil es eben nichts gibt hier. Nichts zu tun. Nichts zu machen. Nichts Neues. Da steht an jeder Ecke ein Hugo, der erzählt, wie der Hund seiner Urururexcluded-urururoma mal gegen einen Backstein gekackt hat und der Stein deswegen auf gar keinen Fall weggeräumt werden darf.«

Vor nicht einmal einem Monat hätte ich über Roberts Worte noch herzlich gelacht, doch jetzt kletterte etwas anderes in mir empor. War es wirklich Wut?

Ich presste ein Fake-Lachen heraus und nickte zustimmend. »Da ist etwas Wahres dran.«

Eine peinliche, drückende Stille breitete sich aus, weil ich Robert noch immer eine Antwort schuldete. Um seinem Blick auszuweichen, sah mich um. Die Wände waren überladen mit Fotos, die die Geschichte Hochnadelhorns zeigten und in den verschiedensten Bilderrahmen steckten. Diese harmonierten kaum oder gar nicht mit der Blumentapete. Einige Fotos zeigten Führungen von Elisabethe, die Reisende zur Farm brachte. Einmal sollen wohl sogar Filmleute aus England nach Hochnadelhorn gekommen sein, um dort zu drehen. Mein Blick schweifte weiter zur Rezeption, die mit kitschigen Weihnachtselfen dekoriert war, die sich an einer Lichterkette abseilten. An der Treppe hingen selbst gestrickte Weihnachtsstrümpfe mit den unterschiedlichsten Mustern, gefertigt von Übernachtungsgästen.

»Nun?« Robert beugte sich in seinem Ohrensessel vor, bis ich ihn aus dem Augenwinkel verschwommen wahrnehmen konnte.

»Ich habe nur überlegt, was du wohl mit der Farm vorhast?«

»Ist das von Bedeutung?«

»Meine Mutter wohnt hier, eine Bohranlage oder eine Mülldeponie wären nicht so geil.«

Robert lehnte sich wieder zurück und kratzte sich an der Wange.

»Vermutlich die Fläche planieren und dann Wohnungen bauen oder ein Hotel. Du hast doch gesagt, hier herrscht viel Tourismus, vor allem seitdem vor zwei Jahren ein TikTok-Video viral gegangen ist, das den Weihnachtszauber Hochnadelhorns so gut eingefangen hat.«

Irgendwie ärgerte ich mich jetzt, wie schmackhaft ich ihm die Farm gemacht hatte, obwohl ich mich eigentlich darüber freuen sollte. Ich musste unwillkürlich schlucken beim Gedanken daran, dass Elisabethe und ihr Sohn weniger Reisende beherbergen würden, sollte Robert wirklich ein Hotel eröffnen. Und selbst wenn die Pension trotz der Konkurrenz immer noch gut laufen würde, wäre das Dorf dann bald voll mit Reisenden. Zur Zeit gab es in Hochnadelhorn zwei Pensionen und einige Airbnbs. Für die aktuelle Menge an Besucherinnen und Besuchern plus einige, die nur für Tagesausflüge kamen, war das ausreichend, sodass Hochnadelhorn nicht aus allen Nähten platzte.

Wieso machte ich mir darüber überhaupt Gedanken? Hatte jemals einer der Leute aus dem Dorf zu Hause gesessen und sich den Kopf darüber zerbrochen, wie es mir ging?

»Okay, sehen wir uns mal die Farm an. Dafür bist du schließlich hergekommen.«

»Sehr gut!« Als Robert sich erhob, huschte ein Grinsen über sein Gesicht, das ich nicht deuten konnte, doch es verschwand so schnell, wie es gekommen war.

»Aber es ist halt auch viel Arbeit und hier leben bestimmt einige geschützte Tierarten, mit denen du dich dann rumschlagen musst, also wegen Baugenehmigungen und …«

»Man könnte fast meinen, du willst mir die Farm ausreden«, unterbrach mich Robert und schlang seine Arme fester um sich. »Ich habe schon große Pläne damit und mich bereits mit meinen Geschäftspartnern vernetzt, die von der Location ganz begeistert sind. Also ich hoffe, du durchkreuz mein Vorhaben jetzt nicht mehr.«

Er lachte auf, trotzdem wirkte die Situation irgendwie bedrohlich. So sehr er sich auch bemühte, sich nichts anmerken zu lassen, konnte er das Zittern seines Körpers nicht unterdrücken. Es war beinahe zum Lachen, wie er sich beim Sprechen zusammenreißen musste, um nicht unkontrolliert mit den Zähnen zu klappern. Fast wie in einem Zeichentrickfilm.

»Nein, nein … ähm. Ich bin nur ehrlich. Da ich meine Fitnesskette ganz ohne Vorkenntnisse aufgebaut habe, weiß ich, auf welche Probleme man dabei stoßen kann.« Das war zwar nur die halbe Wahrheit, aber nicht gelogen.

»Verstehe, dann sind deine Warnungen ja eigentlich etwas Gutes. Normalerweise verschleiern Verkäufer lieber potentielle Problemchen und tun hinterher so, als hätten sie selbst keine Ahnung gehabt.«

Ich schüttelte über mich selbst den Kopf. Was wollte ich eigentlich? Warum focht ich innerlich einen Kampf mit mir selbst aus? Wenn ich Robert vergraulte, würde ich es bereuen, sobald ich wieder zuhause und meine Sentimentalität verpufft war. Dennoch konnte ich das Ziehen in meinem Magen nicht abschütteln, während ich auf den von Schnee bedeckten Wegen entlangging, auf denen ich vor Jahren mit meinem Vater gelaufen war, während wir nach dem perfekten Weihnachtsbaum Ausschau gehalten hatten. Wir hatten immer gewettet, wer ihn zuerst findet. In einem Jahr hatten wir sogar ein Reh gesehen, das unter unserem Wunschweihnachtsbaum gestanden hatte.

»Jetzt hast du alles gesehen. Sollen wir uns noch ein wenig in die Hütte setzen?«, schlug ich vor, als ich sah, wie Robert die Lippen aufeinanderpresste, um das Zähneklappern zu unterdrücken.

»K-Klingt gut.«

Wir stapften durch den Wald, der gefrorene Boden knirschte unter Roberts schweren Stiefeln. Mein Blick schweifte über die umliegenden Bäume. Erinnerungen blitzten auf. Davon, wie ich hier mit meinem Vater entlanggegangen war, wie meine Mutter mit drei Tassen voll heißem Punsch an der Hütte auf uns gewartet hatte. Neben ihr die anderen Käufer, die sich mit Maria unterhalten hatten, und Marias Helfer, die mit der Messlatte bereitgestanden waren.

»Das da vorne ist die Hütte«, sagte ich und deutete auf den kleinen Holzbau, der zwischen den verschneiten

Tannen kaum zu erkennen war. Steifbeinig und mit hochgezogenen Schultern hielt Robert darauf zu. Ich grinste in mich hinein, während ich lockeren Schrittes durch den Schnee marschierte.

»Alles gut?«, fragte ich, wobei ich ihm einen schnellen Seitenblick zuwarf.

»J-Ja, klar« antwortete er, aber seine Augen hafteten einen Moment zu lange auf der Hütte. Als ich plötzlich das Rascheln von Schritten hinter uns hörte und mich umwandte, setzte mein Herz einen Schlag aus. Mika.

Er durfte Robert nicht sehen. Noch nicht. Nicht bevor ich mir selbst im Klaren darüber war, was ich wirklich wollte. Warum musste er ausgerechnet jetzt hier sein? Warum brachte er meine Vorsätze immer ins Wanken?

»Oh, mir fällt gerade ein, dass ich die Heizung in der Hütte gar nicht aufgedreht habe! Wollen wir nicht doch lieber zurück in die Pension? Dort ist es auf jeden Fall wärmer. Wir haben hier auch eigentlich alles gesehen«, schlug ich schnell vor, diesmal weniger selbstsicher.

»Okay, wenn es dir hier zu kalt ist, dann können wir auch gehen«, stimmte Robert bibbernd zu. Wäre Mika nicht so urplötzlich aufgetaucht und würde mich in Bedrängnis bringen, hätte ich gelacht.

Ich nickte, kaum fähig einen klaren Gedanken zu fassen. »Ich bleibe noch kurz und sperre alles ab. Geh du doch schon mal vor.«

Robert nickte, drehte sich um und wankte den schneebedeckten Pfad entlang. Kurz darauf waren seine Schritte nur noch als fernes Knistern und Knacken zu hören.

Mika hatte mich gesehen und hielt auf mich zu. Nervös verschränkte ich die Arme vor der Brust.

»Wer war das?«, fragte er ohne Umschweife.

»Ein Tourist?«

»Ist das eine Gegenfrage oder die Antwort?« Mika hob eine Augenbraue.

»Ein Tourist«, log ich, darum bemüht, gelassen und gleichzeitig selbstsicher zu klingen, auch wenn mir klar war, dass mich das Beben in meiner Stimme verriet.

»Oh, okay. Ich wollte mich noch einmal dafür entschuldigen, dass ich keine Zeit hatte mit dir Essen zu gehen, aber ich ...«

»Schon gut. Wollen wir uns in die Hütte setzen? Ich müsste nur den Ofen anschüren.« In mir rumorte die Angst, dass Robert zurückkommen könnte, doch ich zwang mich dazu, mich nicht panisch umzusehen.

»Ähm, ja klar.«

Ich bedeutete ihm, voranzugehen.

»Danke. Du wirkst etwas angespannt.«

»Ach, ich bin nur nicht so gut darin, den Fremdenführer zu spielen. Was machst du eigentlich hier?«

»Ich muss dir etwas sagen.« Bei Mikas Worten war Robert wie vergessen.

17. DEZEMBER

Ich reichte Mika einen Becher mit Punsch, der nach Orange und Beeren roch. Zugegeben nur aus dem Tetra Pak, aber immerhin war er warm und süß und darauf kam es an.

»Danke.« Mika ließ sich auf einem alten Holzstuhl neben dem Ofen nieder.

»Was gibt's?« Ich nahm schräg gegenüber Platz.

Auch wenn die Hütte ausgekühlt war, erfüllte sie der Ofen langsam mit einer gemütlichen Wärme. Mika nahm einen Schluck Punsch und verzog leicht das Gesicht, was mich fast zum Lachen brachte. Punsch aus dem Tetra Pak eben – nicht gerade Gourmetklasse.

»Schöne Hütte«, presste er hervor, als wäre die rustikale Inneneinrichtung alles, was ihn gerade beschäftigte. Seine Finger trommelten unruhig gegen den Becherrand. Ich konnte förmlich sehen, wie sich die Worte in ihm stauten, aber er hielt sie zurück.

»Mika«, kam ich einem erneuten Smalltalk zuvor, »was ist los? Du wolltest mir etwas sagen. Also, was ist es?«

Er seufzte, sah mich kurz an und senkte dann den Blick. »Es ist nur … Ich will nicht, dass du schlecht von mir denkst.«

Seine Stimme war nur noch ein Flüstern, das von meinem schnellen Herzschlag fast übertönt wurde. Aber ich verstand ihn. Wenn er das mit Robert mitbekommen hätte, wie würde Mika dann von mir denken? Da war sie wieder, die Unruhe. Das innerliche Zittern.

»Du kannst es mir sagen«, ermutigte ich ihn, obwohl ich gar nicht sicher war, ob ich es wirklich hören wollte – was auch immer es war.

»Es geht um uns.« Endlich sah er mir in die Augen und in diesem Moment wusste ich, dass sich alles ändern würde.

»Wie meinst du das?« Ich deutete mit meinem Becher erst auf ihn, dann auf mich, wobei ich etwas Punsch verschüttete. Doch er schien es nicht zu bemerken.

»Seit unserem Gespräch darüber, was wir wirklich vom Leben wollen, muss ich die ganze Zeit an eine Sache denken und … Es ist wegen meines Vaters. Ich hasse es, ihn so zu sehen. Ich hasse die Tage, an denen es ihm gut geht, denn am nächsten Tag ist es meistens doppelt so schlimm. Aber ein Teil von mir … « Mika seufzte laut, räusperte sich dann und stand auf. Schweren Schrittes ging er zum beschlagenen Fenster und wischte es mit dem Ärmel frei. »… ein Teil von mir ist auch erleichtert.«

»Erleichtert? Inwiefern erleichtert?«

»Mein Vater und ich hatten früher kein gutes Verhältnis zueinander. Also ganz früher schon, als ich noch alles tat, um ihm zu gefallen, aber … er hätte mich niemals akzeptiert, so wie ich wirklich bin. Also wirklich niemals und jetzt … jetzt ist das irgendwie kein … Also er könnte sich ja ohnehin nicht daran erinnern. Weißt du, er ist zwar manchmal aggressiv, wenn er verwirrt ist, aber dann auch wieder netter als früher. Sein Charakter hat sich irgendwie komplett gewandelt und …«

»Mika, was willst du mir sagen?« Ich konnte vor Anspannung nicht mehr auf dem Stuhl sitzen bleiben und erhob mich ebenfalls.

Mika schniefte und wischte sich mit dem Ärmel übers Gesicht. Danach nahm er seinen Daumennagel zwischen die Zähne und kaute nervös darauf herum.

»Dass ich mich jetzt nicht mehr in eine Form pressen lassen muss nur aus Angst, mein Vater könnte mich andernfalls verstoßen. Er ist da, aber irgendwie auch nicht. Und weil meiner Mutter alles zu viel ist, ist sie irgendwie auch nicht mehr wirklich präsent in meinem Leben. Außer den beiden gibt es hier niemanden mehr in meiner Familie, was scheiße ist. Ich habe oft das Gefühl, alleine zu sein. Aber es gibt mir plötzlich auch die Chance, endlich ich selbst zu sein.«

»Okay.« Was antwortete man am besten darauf? Gab es überhaupt eine richtige Antwort? Falsche gab es sicherlich haufenweise.

»Macht mich das zu einem schlechten Menschen?«, fragte er ernst.

Ich schüttelte vehement den Kopf.

»Nein. Du bist für deinen Vater da. Du tust alles, was du kannst, und wenn du für dich aus dieser Situation etwas Positives ziehen kannst, warum nicht? Und ich denke, tief in seinem Inneren will dein Vater auch, dass es dir gutgeht und du glücklich bist.«

Mika malte mit dem Finger etwas auf eine der beschlagenen Scheiben, wischte es dann aber schnell mit dem Handrücken weg. Vielleicht war es ein Wort, eine Zeichnung oder ein Symbol, das früher einmal eine Bedeutung für seinen Vater und ihn gehabt hatte. Danach ging er zu seinem Stuhl zurück und ließ sich schwer darauf fallen. »Kann sein. Aber ein Teil von mir befürchtet, dass ich schon viel früher über meinen Schatten springen und ihm hätte sagen sollen, wie oder wer sein Sohn wirklich ist. Es macht mich traurig, dass mein Vater mich nie so kennen wird, wie ich wirklich bin. Vielleicht wäre es für ihn auch in Ordnung gewesen und ich müsste mir jetzt keine Vorwürfe machen und …«

»Mika«, flüsterte ich sanft, um seine Grübeleien behutsam zu stoppen. Ich ging vor ihm in die Hocke und legte meine Hand auf seine. »Das sind alles Gedankenkarussellsorgen, die völlig unnötig sind. Es ist, wie es ist und du machst das Beste draus. Du kannst die Zeit nicht zurückdrehen, niemand kann das. Also müssen wir die Gegenwart annehmen und uns so gut wie möglich damit arrangieren. Und was am wichtigsten ist: Du bist kein schlechter Mensch.«

Um Mika etwas abzulenken, lud ich ihn auf ein Eis ein. Ja, Eis. Im Winter. Karin, die Tochter des ehemaligen Eiscafébesitzers Donald, probierte alles Mögliche aus, um den Laden nicht nur modern zu halten, sondern auch relevant. Denn die Einnahmen aus dem Sommerverkauf reichten nicht aus, um das Geschäft am Laufen zu halten, und sie wollte auf gar keinen Fall schließen müssen. Deshalb bot sie seit zwei Jahren neben Eisbechern auch heiße Schokolade, Punsch und Bratapfeltee mit Eiscreme an. Die Kunden nahmen es an – und wie! Ich hatte mich mit Mika an den letzten freien Tisch an der Glasfront gesetzt und war erstaunt, wie voll der Laden war. Die Zeiten wurden für eine Gastronomin wie sie bestimmt schwieriger, aber mit ihrem Gespür für Trends und ihren Ideen, um das ganze Jahr beschäftigt zu bleiben, würde sie den Laden bestimmt am Laufen halten.

Margit und Johann, Rosa und Christopher, Billy Senior und Billy Junior sowie meine Mutter und Elisabethe genossen im Laden ihre süßen Getränke. Es freute mich, dass sich Karins Konzept, alte Tradition mit neuen Ideen zu kombinieren, bezahlt machte. Karin nickte mir kurz zu, als sie die beiden Tassen Bratapfeltee mit Zimt-Vanilleeis und zwei Waffeln mit Apfelmus vor uns abstellte. Dann war sie auch schon wieder auf dem Weg zum nächsten Tisch. Erinnerungen blitzten in mir auf: Bei Karins siebtem Geburtstag hatte sie nur mit mir gespielt, weil ihr die anderen Partygäste zu kindisch waren. Und rund zehn Jahre später, als das Mobbing in vollem Gange gewesen war und ich mich kaum noch in die Schule getraut hatte, hatte sie mich tatsächlich mal verteidigt, als ich beschimpft worden war. Wie hatte ich das vergessen können? Es war also nicht alles schlecht gewesen. Definitiv nicht.

»Also wenn du nicht bald anfängst, inhaliere ich deine Waffel auch noch«, drohte Mika scherzhaft, der schon die Hälfte seiner Bestellung verputzt hatte. »Oh, oder ist das auch meine? Wo bleibt denn dann deine Portion?« Grinsend zog er meinen Teller näher zu sich.

»Untersteh dich, Mister!«, warnte ich lachend und holte mir den Teller wieder zurück.

Der Geräuschpegel in dem kleinen Café stieg an. Alle sprachen über ihre Weihnachtspläne. Mit der Holzverkleidung und den Säulen mitten im Raum, um die Karin Girlanden aus Tannenästen (die sicher von der Farm stammten) gewickelt hatte, wirkte der Laden sehr festlich. Mir wurde warm ums Herz, denn es fühlte sich wieder an wie früher, als ich im Alter von fünf Jahren mit meinen Eltern in der Eisdiele gesessen hatte und die Welt noch in Ordnung gewesen war. Behütet und sicher hatte ich mich an diesem Tag gefühlt.

»Sag mal, wie hat es dir denn auf dem Flohmarkt gefallen?« Mikas breites Lächeln zierte ein dicker Tropfen des geschmolzenen Vanille-Zimteises in seinem Mundwinkel.

»Es war echt schön und ich habe da auch …«, ich deutete mit dem Kopf Richtung Christopher, »… Christophers Freund Dennis kennengelernt und mit Billy über seine Tochter gesprochen und …« Mit jedem Wort, das ich sprach, wurde Mikas Grinsen immer breiter. »Und … Du hattest das Aufeinandertreffen geplant, oder?«

»Ich weiß gar nicht, was du meinst.« Er spießte den letzten Rest seiner Waffel mit seiner goldenen Gabel auf und stopfte ihn sich in den Mund.

»Ich bin vööööllig unschuldig.«

»Du wolltest, dass ich sehe, dass Hochnadelhorn sich verändert hat oder verändern kann, damit ich die Farm behalte.«

»In meis nikt …« Er kaute schneller. »Ich weiß nicht, worauf du hinauswillst, und ohne meine Anwältin sage ich gar nichts mehr.«

»Tja, noch habe ich mich nicht entschieden, also wirst du mich so schnell wohl nicht los. Weihnachten verbringe ich wahrscheinlich noch hier.« Gespielt hochnäsig trank ich von meinem Tee und tauchte dabei versehentlich meine Nasenspitze in das kalte, mittlerweile halb geschmolzene Eis.

»Du hast da …« Mikas Hand verweilte kurz vor meinem Gesicht. »Darf ich?«

Ich nickte.

Er wischte mir mit dem Daumen das Eis von der Nase. »Eigentlich hatte ich nicht im Sinn gehabt, na ja, dich bald los zu sein.« Etwas in Mikas Gesichtsausdruck hatte sich verändert. Er wirkte bedrückt.

»Ach was. Du wirst eine Party feiern, nein, einen neuen Feiertag ausrufen, falls du mich überzeugen kannst und ich das Dorf unverrichteter Dinge wieder verlasse.« Ich lachte auf und gönnte mir nun auch einen Bissen meiner Waffel.

»Ähm, ja, wenn du meinst.« Mika trank seinen Bratapfeltee aus und als er die dunkelblaue Tasse mit den weihnachtlichen Mustern und der Silhouette von Hochnadelhorn wieder abstellte, erklangen die ersten Töne von *Let it Snow* aus den Musikboxen an der Decke. »Anscheinend hast du immer noch nicht verstanden, worum es mir eigentlich geht. Was ich mit dem Flohmarkt erreichen wollte und mit dem Gespräch über meinen Vater.«

»Was meinst du?«

»Noel, ich habe …«

»Kommt schon, ihr beiden! Ihr wollt euch doch nicht etwa drücken?«, rief Karin, die binnen Sekunden alle Gäste aufgescheucht hatte, um eine Polonaise zu bilden. Den begeisterten Blicken nach zu urteilen, schien ihr Unterhaltungsprogramm auch außerhalb der Faschingszeit gut zu funktionieren. »Wer sagt, dass wir nicht auch an Weihnachten ein bisschen Spaß haben können?«

Bratapfel-Punsch

Zutaten:

1 großer Apfel
2 EL Zucker
1 TL Zimt
1 Vanilleschote
1 l Apfelsaft
6 Nelken
3 Sternanis
2 Zimtstangen
2 TL Honig

Zubereitung:

Wasche, schäle und entkerne den Apfel und schneide ihn in kleine Würfel. Vermenge diese mit Zucker und Zimt und brate die Apfelstücke anschließend ca. 5 min lang in einer beschichteten Pfanne, bis sie weich sind. Kratze in der Zwischenzeit das Mark der Vanilleschote heraus und gib es mit dem Apfelsaft, den Nelken, den Sternanis, den Zimtstangen und dem Honig in einen Topf. Bringe alles zum Kochen und füge zuletzt die Apfelstücke hinzu. Lass den Bratapfelpunsch für 10-15 min ziehen und entferne vor dem Servieren Nelken, Sternanis und Zimtstangen.

Tipp: Wenn du deinen Punsch lieber mit etwas Schuss möchtest, dann ersetze 500 ml Apfelsaft durch 500 ml Weißwein oder gib etwas Rum hinzu.

18. DEZEMBER

Gedanklich war ich noch bei Mika. Was hatte er gestern damit gemeint, als er sagte, ich würde ihn nicht verstehen? Ich lehnte mich im Wintergarten zurück und sah meiner Mutter dabei zu, wie sie Geschenke einpackte. Anstatt Geschenkpapier nutzte sie alte Zeitungen, die sie mit Lebensmittelfarbe eingefärbt hatte. Anschließend hatte sie verrostete Plätzchenformen, die in der Küche keine Verwendung mehr fanden, zur Hand genommen, in Farbe getunkt und damit Muster auf das Papier gestempelt.

Manchmal versteckte sie zwischen den Falten des Geschenkapiers zusätzlich noch kleine Bonbons und die großen Schleifen mit den goldenen Namensschildern rundeten stimmungsvoll das Gesamtbild ab.

»Brauchst du Hilfe?«

»Von dir?« Sie hob das Geschenk hoch, das ich eingepackt hatte: Das Papier war eingerissen und mit zu vielen Klebestreifen befestigt, die Schleife hatte eine riesige Schlaufe und eine winzige und an der Seite hatte ich zu wenig Papier genommen, sodass die Verpackung des Geschenks sichtbar war.

Ich zuckte mit den Schultern. »Immerhin habe ich es versucht.«

Sie warf mir über ihren Brillenrand einen belustigten Blick zu und packte ohne hinzusehen, das nächste, ziemlich unförmige Geschenk perfekt ein.

»Nein, mein Liebling.« Sie griff nach dem grünen Papier mit Tannenbaummuster. »Aber du könntest mir sagen, warum du so gedankenverloren dreinblickst.«

»Hä, ich?«

»Hä, ich?«, äffte sie mich nach und wir prusteten beide laut los.

Es dauerte einen Moment, in dem ich mit mir haderte. Schließlich schienen sich mein Gehirn und mein Herz gegen mich verschworen zu haben, denn es platzte aus mir heraus: »Ich glaube, ich mag Mika. Irgendwie.«

Meine Mutter schaute mich erneut über den Rand ihrer Brille hinweg an, lächelte und legte das fertige Geschenk zu den anderen. Danach setzte sie sich zu mir auf den Steinboden, der dank der Unterbodenheizung wohlig warm war. »Es geht in letzter Zeit auch ziemlich oft um Mika, nicht wahr?«

»Diese Briefe, die du zur Post gebracht hast. Ich hatte sie 2016 geschrieben, wollte aber nie, dass er sie zu Gesicht bekommt. Es geht oft darum, was ich damals gefühlt habe, weil er mit mir gesprochen hat, während ich von allen anderen gemieden wurde.«

Meine Mutter rutschte näher an mich heran und legte eine Hand auf meinen Arm. »Noel! Das tut mir so leid. Ich habe gedacht, es sind Briefe, die du mitgenommen hast, um sie hier aufzugeben. Ich wollte dir einen Gefallen tun. Ich konnte doch nicht ahnen, dass … Mir ist deine Privatsphäre wichtig und ... Hat Mika ...?« Ihre Gedanken überschlugen sich. Willkommen im Club, so ging es mir seit Tagen.

»Schon gut. Es ist, wie es ist. Und Mika ... Keine Ahnung. Er hat nie etwas gesagt, aber er wohnt ja noch oder wieder bei seinem Vater. Ich denke, es ist ihm peinlich oder unangenehm und er will so tun, als hätte er sie nie erhalten. Wahrscheinlich hofft er, dass ich bald wieder abreise.«

»Ach nein, mein Schatz.« Sie nahm meine Hände in ihre, hob sie hoch und küsste meine Handrücken.

»Mika mag dich auch, das sehe ich. Ich kann dir natürlich nicht sagen, ob er dich auch so mag. Aber es ist nie falsch über seine Gefühle zu sprechen ... oder zu schreiben. Jemandem mitzuteilen, was man für ihn empfindet, auch wenn es nicht erwidert wird, hilft dabei, nicht die ganze Zeit darüber nachgrübeln zu müssen, was gewesen sein könnte, und loszulassen. So viele Menschen wünschen sich auf dem Sterbebett, öfter gesagt zu haben, wie sehr sie jemanden lieben. Und so viele Zurückgebliebene würden den Verstorbenen gerne noch einmal zeigen, was sie ihnen bedeutet haben.« Ich musste an meine Oma denken. Sie war zu mir immer nett gewesen, aber mit meiner Mutter hatte sie ein unterkühltes Verhältnis. Sie liebten sich, aber keine von beiden konnte es der anderen wirklich zeigen. Nach ihrem Tod hatte ich meine Mutter oft erwischt, wie sie heimlich weinte. Ob sie auch gerade an Oma dachte?

»Danke. Ja, vielleicht hast du recht.« Meine Gefühle zu zeigen und sie auszusprechen war nichts Schlimmes.

Ich lehnte mich zurück und erwischte mich bei einem schon zu oft durchdachten Gedanken. Ob die Leute von damals manchmal an mich dachten und ihre Anfeindungen bereuten?

Wie sie mich im Winter im Sportunterricht mit den Langlaufskis geschlagen hatten, sobald der Lehrer außer Sichtweite war. Oder mir im Bus die Kopfhörerkabel von hinten durchgeschnitten hatten. Nicht zu vergessen die unzähligen Anrufe mit verstellter Stimme, bei denen sie mich beschimpft oder nur stumpf ins Telefon gestöhnt hatten. Wobei ich bis heute nicht wusste, wie sie an meine Nummer gekommen waren. Und, und, und.

Gab es da jemals auch nur bei einer Person zwischen Beleidigungen, Gewalt und Sachbeschädigung eine Sekunde der Reflexion oder Reue? Die meisten lebten wohl einfach ihr Leben und taten ihr Verhalten als jugendliche Scherze ab. Im Gegensatz zu mir erinnerten sie sich vermutlich nicht einmal mehr daran.

»Noel?« Meine Mutter holte mich aus meinen Gedanken. »Denkst du an Mika?«

Ich lächelte sie an. »Ja.« Ich wollte sie nicht belasten und mich auch selbst nicht mehr weiter quälen. Deshalb musste ich es schaffen, die Vergangenheit hinter mir zu lassen. Doch dazu musste ich meinen Groll loswerden.

19. DEZEMBER

Ich schlenderte durch die Straßen von Hochnadelhorn, wo die festliche Stimmung förmlich greifbar war. Überall um mich herum funkelten Lichter, die wie kleine Sterne an den Girlanden und Schaufenstern hingen. Tief sog ich die kalte Winterluft ein, ehe ich sie mitsamt meinen Sorgen ausstieß.

Als ich in die Einkaufsstraße einbog, erspähte ich Margit und Johann, die vor der Buchhandlung in ein Gespräch vertieft waren. Ein Stück weiter die Straße hinunter winkten mir Dennis und Christopher zu, die gerade aus dem Geschenkeladen kamen. Durch das Schaufenster sah ich, wie Billy Senior mit seinem Sohn Billy Junior die letzten Weihnachtsdekorationen anbrachte.

Aus dem Augenwinkel fiel mir eine Gestalt auf, die einsam auf der anderen Straßenseite stand. Es war Mikas Vater, der die Hände tief in die Taschen seiner abgetragenen Jacke gesteckt hatte. Seine Schultern waren gebeugt, als würde die Last der vergangenen Jahre ihn zu erdrücken drohen. Mein Herz setzte einen Moment lang aus. Ich wollte zu ihm hinübergehen und ihn ansprechen, aber würde ich die richtigen Worte finden?

Mir kam das gestrige Gespräch mit meiner Mutter in den Sinn. Es war nie schlimm, seine Gefühle zu zeigen. Ich gesellte mich zu ihm. Ob er sich überhaupt an mich erinnerte?

»Hey, ich bin's Noel, ich bin mit Mika in die Schule ge-«

»Ich weiß, wer du bist! Du gehst auf dieselbe Schule wie Mika.« Okay, er dachte wohl, dass wir beide noch Schüler wären.

»Ja, ja genau.« Ich wollte ihn nicht noch mehr verwirren.

»Kann ich dir bei irgendetwas helfen?«

»Was denn helfen? Ich gehe nur spazieren, aber gerade bin ich ... Sah die Fleischerei schon immer so aus?« Ich folgte seinem Blick hinüber zu dem Laden, der schon seit einigen Jahren geschlossen war.

»Die ... äh ... bauen doch um. Komm, wir gehen gemeinsam zurück, ich muss Mika sowieso noch ein paar Hausaufgaben vorbeibringen.« Ich hielt ihm meinen Arm hin und er hakte sich ein.

»Ja, wenn's sein muss.« Er brummte etwas vor sich hin, das wie ein Danke klang.

Auf dem Weg zu seinem Haus begegneten wir Pinar und Yaren, die an der örtlichen Schule Geografie und Englisch unterrichteten.

»Na, Herr Egli, wie ich sehe, haben Sie heute eine neue Begleitung?«, fragte Pinar.

»Noel wollte mich unbedingt nach Hause bringen, er hat noch Hausaufgaben für meinen Sohn oder so.«

Pinar, Yaren und ich nickten einander wissend zu.

»Verstehe, wir haben auch noch ein paar Tests zu verbessern, schönen Abend noch.« Yaren zwinkerte mir lächelnd zu, bevor wir uns verabschiedeten und unseren Weg fortsetzten.

»Wer ist das gewesen?«, hakte Mikas Vater nach.

»Neues Lehrpersonal an der Schule.«

»Scheinen ja nett zu sein, die zwei.« Er drehte sich mehrmals nach ihnen um, da er nicht verstehen konnte, warum sie mit ihm geredet hatten, als ob sie sich kannten.

»Sind sie auch. Wie geht es Mika denn so?«

»Na, wie soll es ihm denn gehen? Gut. Und frech ist er, wie immer.« Sein Gemüt schwenkte um, er wurde zunehmend gereizter. »Aber gut, wenn er so ist, dann kann er sich im Leben durchsetzen.«

Ob das stimmte?

»Richtig. Und …« Mir fiel wieder ein, dass Mika früher oft erzählt hatte, wie er mit seinem Vater in den Wald ging, um Pilze suchen. Sein Vater kannte wohl die besten Stellen dafür. »Wart ihr mal wieder Pilze sammeln in letzter Zeit?«

»Ja, ja das ist immer schön.« Seine Stimme wurde weicher. »Dabei haben wir auch mal Zeit, uns miteinander zu unterhalten. Wenn ich längere Zeit mit Mika unterwegs bin, kommt er mir wie ausgewechselt vor. Manchmal habe ich das Gefühl, ich kenne meinen Jungen gar nicht richtig, aber er ist ein Guter. Ist wohl normal in dem Alter. Die Frauen werden es nicht leicht haben mit ihm. Letztens hat er sogar ein Mädchen bei sich gehabt. Aber solange er glücklich ist, sich in die Dorfgemeinschaft einfügt und unsere Familienehre wertschätzt, ist alles gut. Alles gut.« Hatte Mika diese Einstellung seines Vaters kritisiert, als er sagte, dass dieser ihn nie so mögen würde, wie er in Wirklichkeit war? Das mit dem Mädchen versetzte mir einen Stich. Es war ewig her, ja, aber die Tatsache, dass Mika jemanden gedatet hatte, während ich in ihn verliebt gewesen war, tat trotzdem weh.

»Du bist auch ein Guter. Mein Sohn erzählt viel von dir.«

»Ach ja? Was sagt er denn so?«

Mikas Vater blieb stehen.

»So, da sind wir.«

Silberweißstraße 17. An den Fenstern waren weihnachtliche Leuchtmotive angebracht und an den der Hecke rund um den Zaun Lichterketten. Hatte Mika alles alleine geschmückt?

»Oh ja, stimmt. Dann bis bald. Ich werde Mika wegen der Hausaufgaben morgen noch einmal schreiben, es sieht schon dunkel aus in seinem Zimmer.«

Das Gespräch mit Mikas Vater hatte etwas in mir ausgelöst. Was wollte ich eigentlich wirklich von meinem Leben? Noch auf dem Heimweg beschloss ich, meine Freundin Pamela anzurufen, die gerade meine Geschäfte zu Hause regelte.

»Und du bist dir sicher?«, fragte sie überrascht.

»Ja, Pam. Wir klären alles noch, aber du kannst die Gyms übernehmen, ich steige aus.« Die Worte fielen mir schwer. Doch als ich durch den leichten Schneeschleier im Mondlicht das Haus meiner Mutter erblickte, wusste ich: Es war die richtige Entscheidung.

20. DEZEMBER

Die ganze Nacht saß ich vor dem zugefrorenen See neben der Farm. Er wurde Silberhaarsee genannt, weil schmale ausgetrocknete Flussbetten vom See in Richtung Wald verliefen, in denen weiße Steine lagen, die im Mondlicht wie wirr abstehende, silberne Haare aussahen. Ich hatte mich auf einer Parkbank niedergelassen und beobachtete, wie feine Schneeflocken auf der Eisoberfläche landeten. Mein Vater hatte sich, kurz bevor er von uns gegangen war, genau hier hingesetzt. Worüber er wohl nachgegrübelt hatte? Manchmal, wenn ich die Augen schloss, glaubte ich, seine Präsenz zu spüren. Ich wusste nicht, wie lange ich hier schon saß. Ob mir kalt war? Keine Ahnung. Ich wusste nicht einmal mehr genau, wie ich hierhergekommen war. Außer, dass ich gedankenverloren durch Hochnadelhorn spaziert war, in der Hoffnung, eine Lösung zu finden. Wie sollte es mit der Farm weitergehen?

»Ist dir gar nicht kalt?«

Ich wandte mich um. »Mik... Christopher? Dennis?«

»Du hast verloren gewirkt, als du vorhin durchs Dorf geirrt bist und da Nami ...« Ein kleiner Hund kam hinter Dennis hervor und sprang an seinem Bein hoch, »... abends sowieso nochmal raus muss, haben wir gedacht, wir schauen mal, wohin du unterwegs bist«, erklärte Christopher.

Dennis legte mir eine Decke über die Schultern, bevor er sich links und Christopher sich rechts von mir auf der Bank postierte. Nami nahm er kurzerhand auf seinen Schoß. »Die Decke haben wir immer dabei, weil Nami nicht mehr so lange am Stück gehen kann und wir deshalb zwischendurch Pausen machen müssen.«

»Ach, nur wegen Nami?«, sagte Christopher und warf ihm einen verurteilenden Seitenblick zu.

»Okay, und mir wird auch schnell kalt.«

»Danke.« Ich schnaubte belustigt und versuchte so zu wirken, als ginge es mir gut, damit sie sich nicht verpflichtet fühlten, bei mir zu bleiben. Ich wollte ihnen keine Umstände machen.

»Mika also, hm?« Dennis stieß mir sanft mit dem Ellenbogen in die Seite.

»Was? Ich ... Was meinst du?«

»Du hast gerade seinen Namen gesagt, als du uns gehört hast. Und na ja, wir sind nicht völlig ahnungslos«, sagte Christopher schmunzelnd.

»Und du hast bei der Spendenveranstaltung ziemlich offensichtlich seinen Hintern abgecheckt«, fügte Dennis hinzu.

Ich rutschte peinlich berührt auf der Sitzbank hin und her.

»Hm.«

»Willst du darüber reden?« Kaum hatte Dennis die Frage ausgesprochen, kletterte Nami auf meinen Schoß.

Hier draußen am See war nur die Stille des Waldes zu hören. Keine Autos, keine Stimmen, nur das sanfte Rauschen des Windes, der durch die kahlen Äste glitt. Die Luft war klar und frisch, aber nicht beißend kalt. Ein kaum spürbarer Windhauch wehte um meinen Nacken, und ich bildete mir ein, dass es ein Zeichen meines Vaters war, der wollte, dass ich mit Christopher und Dennis sprach. Irgendwo tief in meinem Inneren breitete sich ein seltsames Gefühl von Ruhe aus.

Ich zog die Decke fester um mich und beobachtete, wie der Wind die feinen Schneeflocken in kleinen Wirbeln über die gefrorene Wasseroberfläche tanzen ließ. Dennis und Christopher schwiegen. Ihre Präsenz war beruhigend, was mich dazu einlud, meine Gedanken zu teilen.

»Es ist wegen Mika und der Farm. Soll ich sie verkaufen? Oder nicht? Soll ich hierbleiben? Nach allem, was in der Vergangenheit vorgefallen ist?« Ich spürte, wie sich mein Herz bei diesen Worten zusammenzog. Meine innere Zerrissenheit lastete schwer auf mir, aber es tat gut, endlich auszusprechen, was mich schon seit Wochen beschäftigte.

Dennis nickte verständnisvoll. »Das mit der Farm ist sicher keine leichte Entscheidung. Und glaub mir, wir wissen, wie es ist, wenn man im Dorf ständig schräg angeschaut wird.«

Christopher konnte sich ein Grinsen nicht verkneifen. »Oh ja, die Blicke und die Sprüche von Leuten wie Hannes … na ja, du weißt, wie sie sind. Und ja, die Einheimischen sind manchmal eigen und wissen nicht, wie sie mit uns umgehen sollen. Manche täuschen ihre Freundlichkeit auch nur vor oder meiden uns ganz, aber wir führen hier trotzdem ein echt schönes Leben. Die Menschen gewöhnen sich an alles. Wir haben das aus erster Hand miterlebt. Ich kann dir nur raten: Wenn du wieder in Hochnadelhorn leben willst – egal, ob Mika auf dich steht oder nicht –, dann lass dich davon nicht abhalten.«

Obwohl meine Zweifel nicht verschwunden waren, wurde mir etwas leichter ums Herz.

»Eigentlich fände ich den Gedanken, die Farm fortzuführen, reizvoll, nur … ist da immer noch dieser rebellische, sture und verletzte Teenie in mir, der sie verkaufen möchte, um sich an allen hier zu rächen. Dafür, dass niemand für mich dagewesen ist und mir niemand geholfen hat. Dafür, dass ich als der Schuldige betrachtet wurde, der sich nur besser anpassen müsste.«

Dennis legte seine Hand auf meine linke Schulter, Christopher auf meine rechte. »Aber willst du wirklich alle dafür büßen lassen? Auch deine Mutter, uns, Billy, Margit und Johann, sie alle?«, fragte Dennis.

»Viel wichtiger noch: Würde es dir wirklich die ersehnte Erlösung bringen?«

Christopher stand auf und hob Nami von meinem Schoß. »Wie du dich auch entscheidest, du musst es mit dir selbst ausmachen, aber wir sind für dich da.«

21. DEZEMBER

Du wolltest mich sehen?«, fragte Mika, nachdem er zehn Sekunden schweigend in der Tür zur Hütte gestanden und mich unsicher angeschaut hatte.

»Komm rein.« Ich hatte gerade Holz nachgelegt und schloss nun die Klappe des Ofens. Während Mika sich auf dem gemütlichen Sofa niederließ, stellte ich zwei Becher mit heißem Punsch auf die Holzstühle. »Meine Mutter ist unterwegs und es gibt heute keine Aktivitäten auf der Farm. Es kann uns also niemand stören.«

»Stören?« Mika rutschte unruhig auf dem Sofa hin und her.

»Ich muss dir etwas sagen.«

»Ich dir auch«, platzte es aus Mika heraus.

Ich wies ihn an, zu beginnen, und setzte mich dann neben ihn.

»Ich habe es mit so vielen Durch-die-Blume-Gesprächen versucht und es mehr oder weniger angedeutet … Aber es ist nicht deine Schuld, dass du nicht verstanden hast, was ich dir sagen wollte. Ich muss lernen, besser zu kommunizieren und einfach zu sagen, was ich denke. Das ist alles noch neu für mich, dieses Zu-mir-Stehen. Also …« Mika drehte sich zu mir, zog ein Bein an und sah mir direkt in die Augen. Was kam denn jetzt? Der Raum schien sich auf einmal um mich zu drehen. Es fühlte sich nicht einmal unangenehm an. Mehr so als würde die Welt um mich herum verwischen, zu einem Kaleidoskop aus Winterfarben werden, in dem nur noch Mika und ich existierten.

»Noel, ich habe deine Briefe erhalten.«

Okay. Okay. Okay! Okay, okay, okay! Okay? Okay. Okay?!

Mein Gehirn spulte sofort dutzende Möglichkeiten ab, wie Mikas nächster Satz aussehen könnte. À la: Und ich finde, du bist ein krankes Schwein! Und das geht gar nicht! Was bist du? Ein Stalker?! Aber stattdessen sagte er: »Und ich stand damals auch auf dich. Richtig krass sogar.«

Ich wartete auf die Abwehrreaktion meines Körpers. Darauf, dass mir jeden Augenblick schlecht werden und ich Schweißausbrüche bekommen würde, so wie immer, wenn mich jemand beleidigte. Ich wunderte mich kurz, dass nichts davon geschah, bis Mikas Worte schließlich in meinem Kopf ankamen und ich verstand, warum. Mika hatte mich nicht beschimpft.

»Ist das dein … Willst du mich verarschen?« Ich konnte es nicht fassen.

Nun schien sich die Welt um mich herum wie ein Strudel zu drehen. Ich hatte das Gefühl, den Halt zu verlieren, als schwebte ich über einem Abgrund. Mein Herz hämmerte so laut gegen meinen Brustkorb, dass ich seine nächsten Worte gar nicht verstand. Konnten Träume vielleicht doch wahr werden? Klappte dieser ganze im Internet angepriesene Manifestationskram? Nein, also ja, vielleicht, aber ich konnte mir nicht herbeiwünschen, dass jemand auf dasselbe Geschlecht stand … oder generell auf mich. Ich hatte einfach nur … Glück. Ich! Ich, Noel, hatte ausnahmsweise einmal Glück!

»Was?«, hakte ich nach.

»Ich sagte, ich meine es ernst. Vermutlich ernster als alles, was ich jemals zuvor gesagt habe.« Mika redete so schnell, und der Tumult in meinem Inneren war so laut, dass es mir nicht leichtfiel, ihm zu folgen. Außerdem musste ich mich gleichzeitig nach jedem Wort mental kneifen, um mich zu vergewissern, dass das alles auch wirklich real war.

»Dann bist du … du stehst auch auf Männer?«

»Männer und Frauen.« Mika hatte es ausgesprochen.

»Und du … Ich weiß gar nicht, was ich sagen soll.« Ich lehnte mich zurück. Das Blut rauschte in meinen Ohren.

»Du magst mich, nein, du findest …« Ich warf ihm einen irritierten Seitenblick zu, »… mich attraktiv?«

Mikas Gesicht erhellte sich, ehe er nickte.

Ein Nicken bedeutete Bestätigung, oder? Oder?! Ja, natürlich. Mika, der Mika, mochte mich und – ein doppelt unterstrichenes, hervorgehobenes *und* – er fand mich auch noch attraktiv.

Ich atmete tief ein und stieß laut die Luft aus. »Sorry, ich kann das gar nicht glauben …« Dann realisierte ich seine Worte. »Warte, du hast meine Briefe gelesen? Oh, Scheiße! Das ist so peinlich! Es tut mir leid.« Ich schlug die Hände vor mein Gesicht und beugte ich mich vor. Am liebsten wäre ich im Erdboden versunken. Es war immerhin ein Trost, dass Mika mich heiß fand.

»Sie waren nicht peinlich. Im Gegenteil ich hätte sie gerne früher gelesen, aber vermutlich hätte ich trotzdem eine ganze Weile gebraucht, um … na ja, ich zu sein. Was schade ist, weil wir viel Zeit verloren haben, aber so ist es nun mal. Aber jetzt …« Mikas Hand auf meinem Rücken zu spüren, jagte mir einen wohligen Schauer über den Körper. Gleichzeitig fühlte es sich aber auch seltsam an, weil ich so lange versucht hatte, meine Gefühle zu verdrängen, »… bin ich bereit, ich zu sein. Egal, was für Widerstände auch kommen mögen.«

Ich wandte mich ihm zu. Mikas Hand schwebte über meiner.

»Darf ich?«, fragte er.

Ich nickte und Mika nahm meine Hand in seine, hob sie zum Mund und küsste meinen Handrücken.

»Aber was bedeutet das jetzt? Also … ich … sorry, ich bin verwirrt.« Binnen einer Sekunde schien ich verlernt zu haben, wie man Gedanken formuliert und Sätze bildet.

»Ich mag dich, mehr sogar als mögen, und ich würde gerne mehr Zeit mit dir verbringen, dich besser kennenlernen, dich küssen, dich hier bei mir haben, mit dir Ausflüge machen, dich f-«

»Moment, was?«

»Mit dir Ausflüge machen?«

»Zwei davor.«

»Dich küssen?«

Als wäre dies mein Startsignal, zog ich Mika zu mir.

CHRISTMAS BUCKET-LIST

- ○ Einen Liebesbrief schreiben
- ○ Eislaufen gehen
- ○ Einen Weihnachtsmarkt besuchen
- ○ Frühstück in einem Café
- ○ Ein Weihnachtsbuch lesen
- ○ Punsch trinken
- ○ Weihnachtsmusik aufdrehen und dazu tanzen
- ○ Für einen guten Zweck spenden
- ○ Sich ehrenamtlich betätigen
- ○ Plätzchen backen
- ○ Spaziergang im Winterwald
- ○ Weihnachtsdeko basteln

22. DEZEMBER

Mika und ich sprachen uns bis zum nächsten Vormittag aus. Wir teilten unsere intimsten Gedanken und Geheimnisse miteinander und redeten darüber, was wir in unserer Jugend füreinander empfunden hatten. Mika hatte mich all die Jahre über nicht vergessen. Er vergoss einige Tränen darüber, wie er mich damals in der Schule behandelt hatte. Es tat gut zu hören, dass er gerne mehr für mich da gewesen wäre. Na ja und vielleicht taten wir auch noch andere Dinge, als nur zu reden …

Als ich nun über Mikas nackten Rücken strich, fühlten sich meine Fingerkuppen wie elektrisiert an. Er lag auf dem Bauch, vor ihm sein Handy. Er zeigte mir Fotos aus den letzten Jahren und brachte mich auf den neuesten Stand darüber, was in seinem Leben passiert war. Irgendwann schob ich das Handy beiseite und bedeckte seinen Rücken bis hinauf zu seinem Nacken mit Küssen. Dann legte ich mich auf ihn, mein Kinn an seiner Schulter.

»Wenn mein Teenie-Ich wüsste, was wir hier machen.«

»Und meines erst«, lachte Mika.

Ich sah hinauf zu den beschlagenen Fenstern und schüttelte ungläubig den Kopf. Ich biss mir auf die Unterlippe und unterdrückte ein Kichern. Um ganz sicher zu sein, griff ich nach Mikas Gesicht und spürte seinen Dreitagebart. Sanft drehte ich ihn zu mir, um ihn zu küssen. Bevor mein Körper zu sehr darauf reagieren konnte, rutschte ich wieder von ihm herunter.

»Es gibt aber etwas, worüber wir noch nicht geredet haben«, begann Mika.

»Was meinst du?«

Mika stand auf. Nackt. Okay, ruhig bleiben! Langsam zog er sich an. »Wegen der Farm. Ich kann hier zur Zeit nicht weg, wegen meines Vaters, aber ob hierbleiben so eine gute Idee ist, wenn …«

»Darum geht es dir?« Ich sprang auf und zog mich blitzschnell an. »So weit denkst du sogar schon?«

»Wir haben uns in den letzten Jahren aus den Augen verloren. Wir sollten nicht noch mehr Zeit vertrödeln.« Mikas Lächeln war so warm, dass es den gesamten Schnee Hochnadelhorns zum Schmelzen hätte bringen können.

»Was meinst du?«

»Wegen der Farm? Also ich …«

Als wäre dies das Stichwort gewesen, öffnete sich in diesem Augenblick die Hüttentür. »Robert?«

»Das ist doch der Tourist von neulich«, flüsterte mir Mika zu.

»Ähm, vielleicht könntest du uns kurz alleine lassen, Mika, oder du wartest hier und ich rede draußen mit ihm und …«

»Was wollen Sie denn hier?« Mika ließ mich gar nicht erst aussprechen.

»Na, ich bin wegen der Farm hier. Ich wollte die Sache beschleunigen und wegen der Summe für den Kauf verhandeln. Ich kann hier nicht ewig bleiben.« Robert verlagerte sein Gewicht von einem Fuß auf den anderen.

Mika wandte sich mir zu.

»Mika, ich …«

»Alles gut, ich lasse euch beide alleine.« Das freudlose Lächeln, das Mika aufsetzte, ließ mich frösteln.

»Bitte, lass uns darüber reden.« Meine Stimme klang flehentlicher als geplant. Fast panisch huschte mein Blick zu Robert, der das Gesicht verzerrte, als würde er am liebsten weglaufen wollen.

»Braucht ihr noch einen Moment?«, fragte er höflich.

»Es gibt nichts zu bereden«, antwortete Mika und nahm seine Jacke.

»Ach, so ist das? Du gehst einfach?«, stieß ich mit einer Mischung aus Wut und Verzweiflung hervor.

»Wie soll es denn deiner Meinung nach weitergehen? Wir leben hier als Freunde zusammen oder jeder wohnt alleine und wir treffen uns ab und zu heimlich?«

Mika lachte verbittert, zog einen Brief aus seiner Jackentasche und warf ihn mir vor die Füße.

»Nein, ich wäre stolz darauf gewesen, mit dir zusammen gesehen zu werden. Damit alle im Dorf wissen, dass wir ein Paar sind. Aber gut, dass ich jetzt weiß, wie du wirklich bist. Du hattest nie vorgehabt, die Farm zu behalten. Du hast mir nur etwas vorgemacht, bis du einen ordentlichen Preis ausgehandelt hast, und …«

»Das stimmt nicht!« Nein, so durfte es nicht enden. In meinem Kopf suchte ich panisch nach einer Möglichkeit, Mika alles zu erklären, aber ich konnte keinen klaren Gedanken fassen.

»Es ist mir egal, Noel.«

Ohne mich noch eines Blickes zu würdigen, stürmte Mika an Robert vorbei, der sich wahrscheinlich sehnlichst an irgendeinen anderen Ort wünschte.

Ich hob Mikas Brief auf.

»Tut mir leid. Es geht um den Verkaufspreis?«

»Ja, ich bin die Farm noch einmal abgegangen und habe doch einige Mängel entdeckt.«

»Wolltest du nicht sowieso alles abreißen und neu bebauen? Die Summe war vorher abgemacht.«

Er räusperte sich lautstark, woraufhin ein großer, breitschultriger Mann eintrat. Ein Lächeln huschte über Roberts Lippen. »Man kann über alles verhandeln. Überleg es dir bis morgen noch einmal gut, bevor es … mühsam wird.« Die Drohung schwang in jeder Silbe mit und hallte auch noch nach, nachdem er und sein schlecht gelaunt wirkender Schläger gegangen waren.

Passierte das gerade wirklich oder war ich in eine Folge von *Versteckte Kamera* geraten? So ernst die Situation auch war, konnte ich dennoch nur an eines denken. Also riss ich, noch bevor Robert aus meinem Blickfeld verschwunden war, Mikas Brief auf.

23. DEZEMBER

Nachdem ich meiner Mutter erzählt hatte, was passiert war, nahm sie mich in den Arm. Sie roch nach Zuhause und Alles-wird-gut, doch schien Letzteres eine Lüge zu sein. Wie konnte jemals wieder alles gut werden?

»Ich will, dass du mir jetzt zuhörst, Noel.« Sanft, aber bestimmt, schob meine Mutter mich von sich weg. In ihrem Blick lag Sorge, aber auch Entschlossenheit. »Du musst die Sache mit Mika klären. Ich schaue viel zu viele schnulzige Weihnachtsfilme, nämlich mindestens dreißig pro Jahr, als dass ich euch das durchgehen lassen kann.«

»Aber was, wenn er nicht reden möchte?«

»Das möchte er. Erklär ihm das mit der Farm und mit deinen Gefühlen.«

»Aber er hebt nicht ab ...«

»Wir machen es so: Du vertrittst mich auf der Farm und hilfst bei den Vorbereitungen für den Weihnachts-Weihnachtsmarkt und ich suche derweil Mika, ja?« Keine Ahnung, wer entschieden hatte, den alljährlichen kleinen Weihnachtsmarkt am 24. Dezember den »Weihnachts-Weihnachtsmarkt« zu nennen, aber okay. »Alles wird gut, aber jetzt brauchen die Leute erst einmal deine Hilfe, nachdem du beschlossen hast, die Farm zu behalten.«

Ich wischte mir mit meinem Ärmel die Tränen weg. »Grins nicht so, nur weil ich hierbleibe. Ich werde Hochnadelhorn trotzdem eine Zeit lang verlassen müssen, um mich um die Übergabe der Gyms an Pam zu kümmern.«

»Okay, sorry, Moment.« Meine Mutter wischte sich über das Gesicht und sah wieder ernst aus. »Besser?«

Jetzt musste ich lachen. »Besser. Ich muss Mika überzeugen, dass ich die Farm auch vor unserem Gespräch nicht mehr hatte aufgeben wollte. Und seit wir uns ausgesprochen haben, sowieso nicht mehr. Ja, es war nicht fair, Robert so lange hinzuhalten, aber ich wollte auf Nummer sicher gehen und mir alle Chancen offenhalten. Aber das ist jetzt vorbei.«

»Und genau so wirst du es Mika auch erklären.« Meine Mutter, die den kitschigsten Weihnachtspullover der Welt trug, sprang auf, zog mich hoch und schob mich energisch vom Wintergarten ins Wohnzimmer.

»Aber jetzt öffne erst einmal dein Weihnachtsgeschenk!«

Ich blickte noch einmal in den Wintergarten, wo unser Weihnachtsbaum stand. Groß und majestätisch war er, geschmückt mit roten und goldenen Kugeln. Meine Mutter hielt mir mein Geschenk unter die Nase. Es war besonders kitschig verpackt, aber es gefiel mir. Sie hatte das Papier mit Lebkuchenmännchen bedruckt. Die Schleife war so groß, dass ich mich fragte, wie sie es hinbekommen hatte, diese zu binden, ohne sich darin zu verheddern.

»Aber ich ...«, setzte ich an, während sich in mir ein leichter Schock ausbreitete. »... ich habe bei all dem Stress gar nichts für dich besorgt.«

»Du bist Geschenk genug.« Sie küsste mich auf die Stirn. »Dass du bald wieder hier lebst ...« Sie schluchzte auf.

»Tut mir leid, ich wollte nicht so theatralisch sein, aber das ist das beste Geschenk der Welt!«

»Danke, geht mir genauso.« Einen dicken Kloß in meinem Hals herunterschluckend, löste ich die Schleife und riss mit zitternden Fingern das Papier auf. Darunter kam eine selbstgebastelte und handgeschriebene Karte zum Vorschein, zusammen mit einem kleinen Fotoalbum. Als ich es aufschlug, erkannte ich sofort uns beide, wie wir im Schnee vor der alten Kirche standen und lachten. Darunter stand in ihrer schnörkeligen Handschrift: *Die schönsten Momente sind die, die wir zusammen verbringen.*

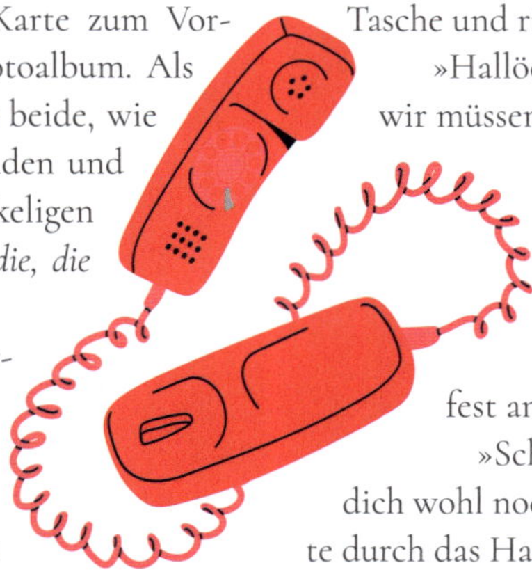

Viele der Seiten waren mit kleinen Erinnerungsstücken gefüllt: einem getrockneten Blatt von einem unserer Herbstspaziergänge, der Kinokarte eines Films, den wir gemeinsam angeschaut hatten. Die letzte Seite war leer bis auf die Notiz: *Für all das, was noch kommt.*

»Danke«, hauchte ich. »Danke für alles.«

Meine Mutter strich mir durch die verwuschelten Haare.

»Das kann ich nur zurückgeben.« Sie winkte ab. »Und jetzt genug der Rührseligkeiten. Ab auf die Farm, du hast von nun an Verpflichtungen dort. Und wehe, du kaufst mir nicht doch noch eine Kleinigkeit«, ermahnte sie mich augenzwinkernd. »Wir sehen uns dort«, wisperte sie anschließend verschwörerisch und war auch schon in der Diele verschwunden.

Ich schloss kurz die Augen und fühlte in mich hinein. Ja. Ja, sie war definitiv hier, meine Heimat. Doch zuvor musste ich noch eine Sache klären. Ich holte mein Handy aus der Tasche und rief Robert an.

»Hallöchen, danke für den Anruf, ich dachte schon, wir müssen nochmal vorbeischauen.«

Dieser schleimige Arsch. Wie selbstgefällig er auf einmal klang.

»Ja, wie auch immer, hör zu, ich verkaufe nicht.« Mit rasendem Herzen umfasste ich das Kissen auf der Couch und drückte es fest an mich.

»Schade, dann werden mein Freund und ich dich wohl noch einmal besuchen kommen, ja?« Ich konnte durch das Handy förmlich sein süffisantes Grinsen sehen.

Einatmen, ausatmen. »Könnt ihr gerne machen, aber ihr seid nur zu zweit und ich habe ganz Hochnadelhorn hinter mir. Die Menschen hier werden froh sein über meinen Sinneswandel. Und wenn ich mit dem Bürgermeister veranlassen muss, dass die Farm zu einer gemeinnützigen Einrichtung gemacht wird, sie bleibt.«

Wütend legte ich auf und wünschte, ich hätte ein altes Telefon, auf dessen Gabel ich den Hörer hätte knallen können.

24. DEZEMBER

Der Zauber, den die auf dem Farmgelände aufgebauten Weihnachtsmarktstände versprühten, ließ mein Herz schneller schlagen. Es gab einen mit Süßigkeiten wie Maronikipferl (betrieben von Rosa, Dennis und Christopher), einen anderen mit selbstgemachter Deko (mit Billy Senior und Billy Junior), an einem weiteren Stand wurden Weihnachtsbücher (von Margit und Johann) angeboten und auch Pinar hatte einen Stand mit deftigen Gerichten. In meiner Hütte gab es Punsch und Glühwein.

Ich spürte, wie die Schneeflocken auf meinem Gesicht schmolzen, während ich mich am Lagerfeuer aufwärmte. Die Wärme des Feuers half mir, die Nerven zu behalten. Wie sollte meine Mutter …

»Noel?« Die Stimme ließ mich hochschrecken.

Weihnachtsmarktbesucher schlängelten sich an mir vorbei, aber ich hatte nur Augen für ihn.

»Mika?«

Meine Mutter legte ihren Arm um ihn.

»Wie ich sehe, ist niemand in unserer Hütte und schenkt den Glühwein aus. ›Unserer‹, wie das klingt, aber ja, ich mache mich mal ans Werk und lasse euch beide alleine.« Sie umarmte mich kurz und flüsterte mir noch etwas ins Ohr, bevor sie ging: »Versau es nicht!«

»Du verkaufst echt nicht?«

»Nein.« Ich nahm seine Hand und zog ihn weg von den Marktbuden.

»Was soll das werden?« Ich konnte Mikas Stimmung nicht einschätzen.

Inmitten einer Lichtung, auf die weißer Schnee und silbernes Mondlicht fiel, hielt ich inne.

»Also, Mika, es tut mir leid! Ich wollte mir offenhalten, die Farm zu verkaufen, weil ich nicht wusste, dass die letzten Wochen hier alles für mich verändern würden. Ich hätte nie gedacht, dass die Einheimischen sich ändern können. Dass du … ja, ich hätte dir auch schon viel früher von meinen Gefühlen erzählen sollen, aber ich war mir nie sicher, ob du mich magst. Um ehrlich zu sein, die Vorstellung, dass ich das alles …«, ich drehte mich einmal mit ausgebreiteten Armen im Kreis, woraufhin Mikas Mundwinkel belustigt zuckten, »… behalten werde, macht mir Angst. Diese riesige Verantwortung … aber es ist okay. Ich will die Farm übrigens nicht wegen dir behalten, sondern weil ich gemerkt habe, wie wichtig sie mir ist. Aber mit dir wäre es natürlich besser. Alles wäre mit dir besser! Wenn du mir verzeihen könntest und …«

»Noel! Hol mal Luft!« Er verringerte den Abstand zwischen uns, nahm mein Gesicht in beide Hände und blickte abwechselnd auf meine Lippen und in meine Augen.

Wie sollte ich da Luft bekommen?

»Ich verzeihe dir. Ich hätte dir nicht so viel Druck machen dürfen. Ich wollte alles sofort und auf einmal, nachdem ich meine Gefühle all die Jahre über verdrängt hatte. Aber ich hätte dir mehr Zeit geben müssen. Da war diese Angst in mir, dass ich mich verletzlich zeige und es am Ende dann doch umsonst ist, weil du verkaufst und gehst. Aber jetzt ist alles gut, endlich.«

Mir entwich ein Seufzer. »Endlich.«

Mikas Lippen legten sich auf meine, lösten in mir eine Gefühlsexplosion aus, die ich kaum aushielt. Ich wollte alles – all die verpassten Küsse, die ungefühlten Berührungen, alles auf einmal. Mika Kuss wurde intensiver, als spürte er dasselbe wie ich. Schließlich zwangen wir uns, durchzuatmen.

Ich legte meine Stirn an seine. Wir schnauften viel zu schnell und mussten beide losprusten.

»Wir sollten uns Zeit lassen, bevor wir noch umkippen«, schlug Mika vor und zog mich fester an sich. »Jetzt haben wir genug davon.«

»Ja, endlich.«

Als Mika lachte, umwehte sein warmes Atemwölkchen meine Nase.

»Endlich.«

»Und dir ist es nicht unangenehm, wenn uns jemand sieht?«, hakte ich nach.

»Dafür ist es jetzt zu spät!«, rief Christopher uns zu.

Mika löste sich von mir. Er wirkte nicht verängstigt oder peinlich berührt, sondern eher erschrocken. Während er sich zu Christopher umdrehte, griff er nach meiner Hand.

»Wir haben euch gesucht«, erklärte Billy Senior. »Wir können doch das alljährliche Weihnachtslied am Feuer nicht ohne den Besitzer der Farm singen. Deshalb …«

»… bringen wir das Feuer zum neuen Besitzer«, verkündete Rosa mit einer Fackel in der Hand.

Auch viele andere aus dem Dorf, einschließlich Mikas Vater stießen zu uns. Sein Vater nickte Mika zu. Dass sein Sohn nach wie vor meine Hand hielt, schien er gar nicht zu bemerken. Ich schluckte. Im ersten Augenblick fühlte es sich falsch an, als müsse ich das, was Mika und ich hatten, verstecken. Mich vor allen dafür entschuldigen, dass sie unsere Liebe sehen mussten. Aber nein, ich war nicht mehr der Noel von damals und auch das Dorf war nicht mehr dasselbe. Ich musste mich für gar nichts schlecht oder schuldig fühlen.

Mika und ich ergriffen jeweils eine Fackel und bildeten zusammen mit den anderen einen Kreis.

»Das ist der wahre Zauber des Heiligen Abends«, sagte ich. »Ich schlage vor, wir singen alle gemeinsam für Maria und für Weihnachten.« Ich atme tief durch und stimmte dann die ersten Töne von *Stille Nacht* an.

Als wir alle gemeinsam dieses Lied bei Schneefall auf der Waldlichtung sangen, die nur vom Schein der Fackeln und dem silbernen Licht des Mondes erhellt war, wurde mir bewusst, wie kostbar die Magie von Weihnachten war.

Als die letzten Töne verklungen waren, beugte sich Mika zu mir und flüsterte: »Frohe Weihnachten!«

BÜCHER

PUNSCH
GLÜHWEIN

Besuchen Sie uns im Internet: www.pattloch.de

FSC www.fsc.org
MIX
Papier | Fördert gute Waldnutzung
FSC® C007972

Text: Andreas Dutter
Dieses Werk wurde vermittelt durch die Literarische Agentur Gaeb & Eggers.
Lektorat: Katharina Hepp, Pattloch Verlag
Bildnachweis: Composing der Illustrationen von Kristian Kimmel unter
Verwendung von Freepik-Designs; Sarycheva Olesia/Shutterstock.com
Gesamtgestaltung: Kristian Kimmel
Satz: Daniela Schulz
Gesamtherstellung: Colorprint Offset Limited, Hongkong, China

ISBN 978-3-629-01547-1
Kontaktadresse nach EU-Produktsicherheitsverordnung:
produktsicherheit@droemer-knaur.de

2 4 5 3 1